TANYA TAGAQ

CROC FENDU

TANYA TAGAQ

CROC FENDU

TRADUIT DE L'ANGLAIS (CANADA)
PAR SOPHIE VOILLOT

ILLUSTRATIONS DE JAIME HERNANDEZ

CHRISTIAN BOURGOIS ÉDITEUR

TITRE ORIGINAL :
SPLIT TOOTH

ISBN : 978-2-267-04569-7

Aux femmes et aux filles autochtones
disparues ou assassinées,
ainsi qu'aux survivants
des pensionnats.

Qu'est-ce qu'un poète ? Un homme malheureux qui cache en son cœur de profonds tourments, mais dont les lèvres sont ainsi disposées que le soupir et le cri, en s'y répandant, produisent d'harmonieux accents [...]

Et les hommes s'assemblent autour du poète et lui disent : « Reprends vite tes chants », c'est-à-dire : puissent de nouvelles souffrances martyriser ton âme, et tes lèvres garder leur conformation ; car le cri nous plongerait dans l'angoisse, tandis que l'harmonie est suave.

Søren KIERKEGAARD, *Diapsalmata*

(Traduction de Paul-Henri Tisseau, Allia, 2005)

1975

Des fois on se mettait à l'abri dans le placard quand les ivrognes rentraient du bar. Assis, cachés, les genoux collés, on espérait que personne ne nous trouverait. Chaque fois c'était différent. Des fois on n'entendait que des coups, des cris, des plaintes, des rires. Des fois la vieille venait nous rejoindre et nous enserrait dans son amour déchirant. Son amour si puissant, si lourd qu'il ressemblait à un fardeau. À l'époque, je savais déjà que l'amour peut être une malédiction. Son amour pour nous la faisait pleurer. Le passé se changeait en rivière qui s'épanchait par ses yeux. Le poison de l'alcool, porté par son haleine, emplissait la pièce. Elle nous agrippait en gémissant pour nous embrasser, embrasser les seules choses dont elle n'avait pas à se méfier.

Les murs plaqués de faux bois, l'odeur de la

fumée, du poisson. Les tableaux peints sur velours, le plus souvent Elvis ou Jésus, mais aussi des ours polaires et des Esquimaux.

Une nuit, comme les ivrognes étaient revenus plus tapageurs que d'habitude, on a opté pour le placard. Ils commencent à crier, et nous, à ricaner fébrilement. Quand ils se mettent à cogner, on se tait. Toute la maison tremble. Les femmes poussent des hurlements, mais le bruit des objets brisés l'emporte sur celui-là. Bruit mouillé de la chair qui se rompt, bruit sec du bois qui craque, à moins que ce ne soit un os ?

Silence.

Un fracas de pas pesants. *Fuck !* Quelqu'un vient vers nous. On arrête de respirer. Les yeux écarquillés dans l'obscurité, on se blottit, on frissonne, on croise les doigts. Il y a quelqu'un juste de l'autre côté de la porte du placard, quelqu'un qui halète.

La porte s'ouvre en coulissant et mon oncle passe sa tête à l'intérieur. Il nous domine de toute sa hauteur, il a de la difficulté à se tenir droit, il articule mal. Il est blessé quelque part au-dessus de la racine des cheveux, le sang coule sur son visage.

— Je voulais juste vous dire de pas avoir peur, les enfants.

Et il a refermé la porte.

UNE JOURNÉE DANS LA VIE

Neuf heures du matin, en retard pour l'école
Le cours moyen, c'est dur
Je me dépêche, je trébuche en enfilant mon pantalon
J'oublie de me brosser les dents
Pas hâte à la récréation
Les gars courent après nous, nous clouent au sol
Nous touchent la chatte, nos seins inexistants
Je veux plaire
Je dois aimer ça, j'imagine
On retourne en classe
Le prof tortille ses doigts sous ma petite culotte
En dessous du pupitre
Il regarde ailleurs, il fait comme si de rien n'était
Je fais comme si de rien n'était
Il passe à la prochaine fille et je sens un éclair de jalousie
L'air se raréfie, il a un goût de pourri

L'école est finie
Je vais aux jeux d'arcade
Fais attention au vieux morse
Au vieil homme qui aime toucher les jeunes chattes
On fait tout pour l'éviter
Je me demande pourquoi personne ne le chasse
Ça va mieux à la maison en ce moment
Vivre à trois, un air calme
Une BD d'Archie, des Lego
Bonne nuit

Les odeurs libérées par le dégel printanier soulèvent en nous un furieux besoin de mouvement. L'air est si propre qu'on peut flairer la différence entre la pierre lisse et la déchiquetée. Humer l'eau qui ruisselle sur l'argile.

L'odeur sucrée du lichen. Le lichen vert ne sent pas la même chose que le noir. Au printemps, on respire la mort de l'automne passé et la croissance de cette année ; le lichen plus ancien apprend au jeune à pousser.

Le gel piège la vie, immobilise le temps. Le dégel les délivre. On renifle les empreintes de l'automne passé, la décomposition récente de tous ceux qui ont péri dans les griffes de l'hiver. Le réchauffement de la planète relâchera les odeurs les plus profondes, fera jaillir des histoires du pergélisol. Qui sait quels souvenirs enfouis se cachent sous la glace ? Qui sait quelles malédictions ? Les rumeurs de la Terre libérées dans l'atmosphère ne pourront provoquer que des ravages.

Des brins de verdure commencent à dresser leur

vie timide à travers la couverture de glace. Les chants des oiseaux migrateurs résonnent comme des réveils qui nous arrachent à la torpeur de l'hiver. La vie est arrivée ! La glace recule à contrecœur, nous promet sa vengeance dans quelques semaines à peine. C'est toujours l'hiver qui gagne. Le soleil s'en moque. Rien ne pourra freiner la cacophonie de procréation vorace à venir.

La glace est encore solide sur la mer, mais les étangs ont dégelé et sont maintenant ouverts. Les larves de moustiques ondulent de leurs belles oscillations hypnotisantes. Dur contraste avec ce qu'elles seront dans quelques jours, métamorphosées en cyclone assoiffé de sang. Si on me l'offrait, l'ennemi que j'aurais l'occasion de torturer se retrouverait à poil sur la toundra en pleine saison des moustiques, les mains liées derrière le dos, aucun doute là-dessus.

Nous, les enfants du printemps, la ville est notre terrain de jeu. Aussi vrai qu'on ne supporte plus la compagnie de nos parents, ça fait la moitié d'une année qu'eux, ils endurent la frénésie de notre agitation encagée. Le soleil ne se couche plus, il nourrit nos visions, il nous tient chaud. On court après l'aventure dans les rues poussiéreuses. La ville est parcourue de grandes bandes d'enfants, de grosses meutes de chiens en liberté. Je me demande quel groupe est le plus enragé. Aucun de mes amis n'a de couvre-feu, sauf moi. Notre aventure doit prendre fin avant onze heures !

En sortant de la ville, on tombe sur un étang pas très grand. Environ cinquante mètres de long, la moitié de large. Il y a des morceaux de polystyrène bleu qui traînent, c'est le vent qui les a volés aux chantiers de la dernière saison de construction. On décide de jouer aux héros et de les prendre pour navires. La force des vents, la température proche de zéro ou la profondeur de l'étang, le vent emporte les considérations de ce genre comme des morceaux de polystyrène. Quand on a onze ans, on ne pense jamais à ces choses-là.

Personne ne sait nager. On rame à tour de rôle, des branches en guise de pagaies, petits corps en équilibre précaire sur nos vaisseaux bleus qui tanguent. Le vent fraîchit. L'un de nous, inévitablement, est entraîné trop loin, sa rame de fortune gravement inapte à le ramener au rivage. Il est le plus petit du groupe. Il l'a toujours été. Tranquille, réservé, toujours le sourire aux lèvres. Tellement gentil que pas un loup ne s'en prenait à lui. C'était le plus mignon des gars, il éveillait chez les filles soit un instinct maternel, soit une passion secrète. On s'était embrassés une fois : sa petite bouche douce, sa langue pas pressée.

Le vent le pousse encore plus loin. S'il tombe, il va se noyer. Ça, tout le monde le sait. Personne ne parle. On laisse le vent mugir alors que son petit visage se crispe d'inquiétude. Maintenant il est rendu au milieu de l'étang. Son mince coupe-vent qui lui bat les flancs dévoile ses côtes saillantes et son léger tremblement.

Je distingue sa minceur, j'éprouve sa vulnérabilité. Le seul son, c'est celui du vent et du tissu de nos vêtements qui claque. Son expression se fait parfaitement calme, plus qu'en temps normal. Il paraît serein comme un vieux ; à le voir, on croirait que tout va bien. Une rafale de vent et le polystyrène se balance d'un côté, puis de l'autre. Mais son corps sait quoi faire. Je le vois inspirer profondément, et son souffle remettre d'aplomb sa monture. Il s'approche maintenant de la rive opposée. Ses mains replongent sa branche dans l'eau. Je les vois trembler. Il est sauvé. Il a atteint l'autre rive. Il a le regard d'un grand. On l'a vu devenir un homme. Tout le monde l'acclame ! Il est passé onze heures ; je rentre à toute vitesse.

On en avait fait notre jeu du polystyrène. La semaine d'après, sept jeunes qui s'étaient servis d'un réservoir d'eau coupé en deux comme d'un bateau se sont noyés dans un étang plus grand, plus proche de l'aéroport. On n'a plus jamais joué au jeu du polystyrène.

Inspire les petites peurs elles se changent en doutes en mots en idées en colère en haine en violence.
Expire les grandes peurs et les grands mots ils te retombent à l'intérieur c'est facile d'être ensevelie sous nos miroirs.
Inspire les petites peurs elles se chuchotent un chemin vers ta tête observe-les dis-leur merci d'avoir essayé de te protéger.
Expire la reconnaissance pour la beauté lovée dans tes instincts pour le courage d'aimer les petites peurs.
Inspire la dureté de l'amour inspire le parfum récompense récolte et mange mâche avale dévore tout le bon et l'amour qu'on te donne.
Expire le calme en reconnaissance de la beauté lovée dans le courage qu'il faut pour ne pas fuir l'amour.

Nuit d'été poussiéreuse dans l'Extrême-Arctique. Le soleil éclatant resplendit dans le ciel. Le soleil, toujours porteur de vie et d'exubérance, de sérénité et de visions. Il est deux heures du matin et j'ai fait fi de l'heure où je devais rentrer. Ça va barder quand je vais me pointer chez moi, quand les pas retentissants de mon père vont ébranler la maison de l'ardent courroux dont lui seul a le secret.

C'est le prix que j'accepte de payer pour fêter avec mes camarades la liberté, l'électricité, la curiosité. Des extrémités de nos doigts anxieux aux oscillations de nos genoux cagneux, on conjure, on conspire ; on attelle nos désirs, on écarte les doutes du revers de la main. L'hiver avait été long, oppressant. On savait tous qu'on allait bientôt entrer dans nos années d'adolescence et que le temps était une denrée précieuse. Tous les enfants au seuil de la puberté semblent comprendre que cette période magique prendra bientôt fin. Tournés vers l'avenir, on aspire à la maturité, encore que solidement enracinés sur la lune. Ivres de notre jeunesse, on souhaite qu'elle ne prenne jamais fin. On ne voit jamais plus loin que le bout du nez de nos corps parcourus par la foudre parfaite de nos cellules en pleine croissance et de nos illusions d'immortalité.

On transcende le temps, on cueille des sourires sur le visage des autres. On déniche des éclats de rire dans leur cage thoracique, on leur lance des injures comme si c'étaient des compliments.

Dans notre petite ville, il y a une sirène qui retentit pour annoncer le couvre-feu. À midi et à vingt-deux heures. Chaque fois qu'elle crie, tous les chiens de traîneau se mettent à glapir et j'imagine qu'ils croient à un énorme dieu canin tonitruant qui fait régner la loi de ses hurlements. Je vois ça comme une religion. Une tentative désespérée des humains obtus pour instaurer un ordre raisonnable dans un univers qui nous échappe complètement. La vérité toute simple, c'est que nous sommes la pure expression de l'énergie du soleil. La glorieuse manifestation de la puissance de l'univers. Nous sommes le bout des doigts d'une force qui propulse les étoiles, alors fais ton boulot et *ressens*.

Notre meute humaine aux cheveux noirs a décidé de se tenir sur les marches en arrière de l'école. Avec nos dents grinçantes, nos gencives affamées d'activité, tissant de nos langues les conflits et les réalités imaginaires qui nous rendent intéressants, nécessaires, on est bien plus que des jeunes assis dans un escalier. On a rien à voir avec cette vieille ville où s'ennuient mille deux cents âmes (si on ne compte que les humains, mais qui dit que les humains sont les seuls à pouvoir contenir un univers vivant ?). On choisit l'escalier de derrière, plus discret que celui de devant, parce que l'été le soleil révèle tout aux regards indiscrets. Il y a une grosse citerne juste à côté ; c'est bien. On peut se dissimuler derrière quand on entend le camion de l'agent. Ça fait partie de nos jeux préférés, se cacher de l'agent chargé de faire respecter le règlement. Son travail consiste à circuler dans la ville, à pourchasser les enfants jusque chez eux et à tirer sur les chiens errants. Il veut nous savoir en sécurité au lit. Mais est-on vraiment en sécurité dans un lit ?

Clarté. Rires. Notre groupe dégingandé compte cinq filles et un petit garçon englués dans l'infâme torrent des désirs ingrats, des regards curieux du coin de l'œil. Des avances maladroites, sans autre but que de pouvoir dire qu'on plaît à quelqu'un. C'est l'âge où on épie mélancoliquement les adolescents qui s'embrassent à côté du juke-box en espérant qu'un jour on sera libres de dire oui. Dans ce temps-là, je ne savais même pas dire non.

Je n'avais que ma vitesse et mon agilité. Hélas, les gars viennent de gagner en rapidité, en force, ils sont plus grands que moi et ça me démolit parce qu'avant, c'était moi la meilleure. Mon ego fluctue constamment. Me voilà vulnérable, j'ai perdu mon étendard dans notre milieu social. C'était moi qui courais le plus vite. C'est dur à avaler pour un garçon manqué. Je m'ennuie du temps où j'étais capable de battre les gars. Où je leur donnais des coups de pied dans les couilles.

Le seul gars qui se tient avec nous ce soir est un peu plus jeune que nous ; arrogant, et petit pour son âge. Il a la peau marron foncé et les yeux tellement noirs. J'aime que ses cheveux soient si noirs qu'ils ont des reflets bleus sous le soleil. Il est tellement beau même s'il n'a pas encore la voix éraillée, ni les couilles descendues. Les filles veulent juste le serrer comme une poupée. Sauf qu'il est haïssable comme seuls peuvent l'être les gens qui manquent de confiance en eux. Il m'horripile de mille manières, mais rien ne m'atteint plus que sa façon de ridiculiser l'attirance que j'ai pour mon amie. Comme elle n'est pas au courant, le jugement adolescent de ce garçon m'emplit d'amertume et d'animosité. J'ai toujours aimé les filles et, dans cet amour, notre bourgade exécrable ne voit que déviance. Ce petit morveux n'arrange pas les choses.

On ramasse des vieux mégots éventés dont on fume les dernières bouffées de tabac en se brûlant les lèvres et les doigts à toute cette indignité. Il y en a toujours plein autour du La Baie ou de la Co-op, mais ce soir, on a épuisé toutes nos provisions. Comme les grands de l'école secondaire viennent souvent fumer sur les marches de derrière, on en trouve des beaux gros parce qu'ils doivent les jeter quand les profs essaient de les surprendre en flagrant délit.

Le petit gars est d'humeur moqueuse. Il est intarissable au sujet de la supériorité des gars sur les filles. Les gars sont plus forts, les gars vont plus vite, les gars sont plus intelligents. Les tapettes sont dégueulasses, il les déteste. Moi je trouve qu'il a l'air d'un moustique. J'ai une idée. Je bondis de la balustrade où j'étais perchée et je l'empoigne par-derrière. Il est tellement frêle. Je n'ai aucun mal à le projeter au sol, puis je dis aux autres de m'aider. On rit comme des hystériques. Je lui retire sa chemise. Il a un petit ventre brun tout ferme. Des petits abdos menus, des petits bras graciles. On lui enlève aussi son pantalon. Ses chevilles sont si fines. Il est si délicat. Des gros grains de beauté noirs émaillent sa peau sombre. Il sent la panique et la fumée. Il n'a pas de poil encore. Deux filles pour lui tenir les jambes, une les bras, et moi pour lui enlever ses vêtements. À notre tour d'être sadiques.

Il nous crie d'arrêter, mais comme on s'est mises à le chatouiller, il rit en même temps sans pouvoir se contrôler. Par respect pour sa dignité, on lui laisse son caleçon et ses chaussettes, mais on part avec sa chemise et son pantalon. On court de toutes nos forces vers la rue Principale en brandissant notre trophée avec lui à nos trousses, qui nous hurle de lui rendre ses vêtements. En tournant le coin de la rue Principale, on aperçoit d'autres groupes d'enfants. Je pensais qu'il n'oserait pas se montrer déshabillé, mais il prend le virage avec courage et sourit de toutes ses dents à l'autre groupe sans ralentir sa course. Le souffle coupé, les poumons brûlants, les cuisses en feu, on se laisse posséder par le monde. Les semelles en folie, les cœurs en bataille, on tourne l'autre coin, on tombe sur un groupe d'adultes et on continue en poussant des cris de jubilation, sachant qu'il ne nous suivra pas. Qu'il ne se risquera pas à être vu par des adultes.

Je pense à toutes les fois où on m'a dit que j'étais inférieure parce que je suis une fille. Je pense à toutes les fois où des hommes m'ont touchée même si je ne voulais pas. Je pense à quel point c'est agréable d'agiter dans les airs le pantalon d'un petit gars arrogant qui se cache derrière le coin de la rue. Toujours au pas de course, on fait le tour de l'école. Il nous attend de l'autre côté en écrasant les moustiques, en larmes. Ce ne sera pas la dernière fois qu'il s'attirera des ennuis avec ses effronteries indéfendables. Il finira par en mourir.

STERNUM

Le Sternum humain est capable de tellement de choses
Protecteur du Diaphragme
Tueur et allaiteur de l'espoir
Mariage de la moelle et du cartilage
Vomir
Emprisonner le cœur
Le maintenir en vie
Cage du Sang et du souffle
Le Sternum humain sert à tellement de choses
Les Clavicules comme des poignées de guidon
Les Côtes comme un escalier
Le sternum, c'est le bouclier
Même entravé
Même quand il étouffe le visage d'une petite fille
Et que les ressorts du lit grincent

RITUEL

À environ trois minutes de la ville, il y a une tourbière jonchée de morceaux de contreplaqué arrachés à divers chantiers par les vents violents de l'Arctique. Entre la force du vent d'hiver et le pergélisol, il ne reste que quelques mois pour bâtir. Les équipes de construction travaillent vingt-quatre heures par jour au soleil de minuit. Courir après quelques bouts de contreplaqué emportés par les vents de l'Extrême-Arctique, ce n'est pas une raison suffisante pour poser leurs outils.

Sous ces feuilles de contreplaqué, une myriade d'espèces s'abritent du vent. Le contreplaqué devient leur refuge dans l'immensité sans arbres. Le bois se fait sanctuaire obscur contre tous les prédateurs. On trouve des créatures dessous, des coléoptères aux oisillons en passant par les lemmings. Les lemmings sont ceux que je préfère. Ils sursautent si fort quand j'arrache le plafond de leur sécurité ; ils fuient à toute vitesse, à l'aveuglette, le monstre qui vient de changer leur univers.

Après les avoir pourchassés et capturés, j'en prends un à la fois dans mes mains en corbeille et je lui chante des choses jusqu'à ce que son cœur reprenne une cadence normale. Je les mets dans mes poches. N'en mets pas plus d'un dans la même poche, sinon ils vont se battre. Rares sont les créatures qui tolèrent bien les espaces surpeuplés. Je dois bien avoir six poches dans mon coupe-vent. Six lemmings chaque matin éloignent le médecin.

Je rentre en sifflotant, piaffant d'impatience de commencer mon rituel quotidien ; je n'ai que cinq lemmings aujourd'hui. Il y a une petite véranda derrière notre maison. Comme personne n'utilise jamais la porte de derrière, la véranda est mon domaine. C'est un bon endroit pour cacher des choses, un bon endroit pour faire comme si le reste de l'univers m'appartenait. Je fais un arrêt pour ramasser dans le frigidaire quelques carottes et un peu de céleri, puis je dépose les lemmings sur le sol nu de la véranda. Les carottes vont dans le coin. Les animaux ont peur au début, mais ils ne peuvent pas résister à ce buffet. Je les laisse commencer à se détendre en grignotant de bon cœur.

On a un aquarium dans le salon avec des tritons, des escargots et des poissons dedans. Comme les escargots se reproduisent trop rapidement pour la santé de l'aquarium, j'amorce mon rituel par la mise à mort d'au moins dix colimaçons, en écrasant simplement leurs petits corps contre la vitre, avec la coquille et tout. Je trouve ça très satisfaisant d'entendre leurs coques éclater, comme quand on découvre un endroit particulièrement sale sur le tapis en passant l'aspirateur et que ça remonte le long du tuyau dans une symphonie de cliquetis sourds.

La deuxième partie de mon rituel consiste à attraper un des tritons par la queue pour le mettre dans ma bouche. Il repose sur ma langue ; les petites ventouses de ses orteils s'agrippent à mes papilles. Je ferme mes lèvres. Désorienté, il frétille une minute avant de trouver le réconfort dans l'obscurité chaleureuse, de se glisser sous ma langue en se tortillant et, le plus souvent, de s'y endormir. Pendant qu'il se repose, j'expédie quelques tâches ménagères en gardant la bouche ouverte pour laisser entrer de l'air frais. Je vais regarder dans le miroir de la salle de bain. Le triton dort presque toujours paisiblement avec ses mignons petits yeux fermés, ma langue en guise d'énorme couette. Je trouve ça adorable. Je le remets dans l'aquarium, puis je vais retrouver mes amis à fourrure.

Bien nourris, les lemmings ont l'estomac plein. Je m'étends sur la petite véranda. Je tiens dans la longueur en pliant les genoux. J'étale mes longs cheveux en éventail sur le sol et j'attends, allongée, immobile. Les lemmings se calment, ils commencent à remuer. Ils trouvent mes cheveux. Ça éveille leur instinct de bêtes fouisseuses. En quête de sécurité, ils se fraient un chemin jusqu'à mon cuir chevelu. Leurs pattes minuscules me massent le crâne à la vitesse de l'éclair. Ils ne quittent jamais le refuge de mes cheveux. Ils continuent comme ça pendant une dizaine de minutes avant de se lasser d'essayer de creuser. Ce sont les dix plus belles minutes de ma journée. Ça reste le meilleur massage que j'aie jamais reçu. Quand ils sont fatigués, je les remets dans mes poches et je les rapporte là où je les ai trouvés. Il faut que je les sorte de la maison avant le retour de mes parents. Bourrés de carottes, les lemmings sont contents. Je reviendrai demain. Une fois, ma mère a trouvé une petite crotte de lemming dans mes cheveux. Elle a ri aux larmes en se demandant comment elle était arrivée là. Je lui ai dit que je m'étais couchée sur la toundra. Ce petit rituel, je n'en avais parlé à personne jusqu'à maintenant.

« Attends que je fasse mouiller ça », dit-il
Qu'est-ce que ça signifie ?
Mon bas-ventre n'est pas mouillé
Je n'avais même pas encore de poil
Je suis raide comme un bout de bois
Je dis non
Il n'arrête pas d'essayer
De pousser sa chose dure
Dans un espace où il n'y a pas d'espace
C'est sec
Son souffle haletant de frustration
Le mien aigri par la peur
Enfin quelqu'un devant la porte
Il se relève d'un bond
Et fait comme si de rien n'était

LE LAC NINE MILE

Ma petite cousine, tu n'avais que sept ans. Moi, j'en avais onze, j'étais la grande. On avait piqué des sous à nos parents pour aller au magasin. La Co-op de Resolute Bay a toujours eu une odeur particulière. Une odeur de sécheresse, avec un peu de moisi et beaucoup de poussière. Les allées paraissaient si longues à nos petits corps. Après avoir négocié rudement ce qu'on allait acheter, on est ressorties avec deux sacs en plastique géants remplis de cochonneries. Coca, M&M's, chips sel et vinaigre, le drôle de popcorn rose avec un éléphant sur l'emballage, des cigarettes Popeye et même quelques vraies.

On les a allumées derrière la charpente triangulaire de la vieille bâtisse voisine du terrain de jeu, en espérant que nos mères ne nous verraient pas. On s'était déjà fait surprendre à fumer sous la galerie en vidant un flacon de vitamines Pierrafeu au début de l'été. Personne n'était content de nous ce jour-là. J'avais conscience de ma mauvaise influence, mais je ne réussissais jamais à t'empêcher de me suivre d'un endroit à l'autre. Il m'arrivait de tromper ta vigilance et de me sauver, puis je me sentais coupable et je revenais vers ton petit visage barbouillé de larmes qui me reprochait de ne pas avoir d'âme. Il n'était pas question que je te laisse m'accompagner quand je trainais avec les grands parce qu'on ne faisait jamais rien de bon. Tu étais trop petite pour tout ce chaos. Je faisais de mon mieux pour te protéger. Aujourd'hui encore.

Il commençait à se faire tard, mais ça n'avait pas d'importance. Le soleil perpétuel flambait haut dans le ciel et le vent froid nous empêchait d'avoir sommeil. Ces trois mois de vive lumière abolissaient les contraintes de temps et les couvre-feux. On avait envie d'une aventure, ce qui signifiait habituellement sortir de la ville à pied. Notre randonnée pouvait nous mener à plusieurs endroits intéressants, compte tenu de l'immensité de la toundra. La rivière n'était pas bien loin, on pouvait poser une planche de bois entre les rocs déchiquetés et traverser les rapides en priant pour que notre pont de fortune ne cède pas. On pouvait aller à la plage. Le rivage était riche en algues avec tous leurs trésors. T'en souviens-tu, la fois où on a trouvé un serpent de mer, de son corps enflé, si froid, si seul ? Le terrain de jeu, ça allait, mais il y avait un imbécile qui débarquait inévitablement après avoir sniffé de l'essence et qui nous emmerdait. On aimait mieux sortir de la ville.

On est parties toutes seules comme des grandes, on se prenait pour des adolescentes. Tu me suivais de loin sur tes petites jambes. On allait vers Signal Hill. C'était déjà bien de se rendre jusqu'à la tour de relais, mais ce que je voulais, c'était la falaise. Ça montait raide, on respirait fort arrivées au sommet. On a mangé la moitié de nos provisions assises là-haut, les pieds pendant au-dessus du précipice et l'œil à l'affût des ours polaires. Mon oncle allait glisser sur cette pente-là l'hiver. Je me rappelle que c'était lui que je trouvais le plus cool, j'espérais avoir assez de courage pour prendre des risques comme lui quand je serais grande.

On a décidé d'essayer de se rendre jusqu'au lac Nine Mile. Du haut de la falaise, la distance ne semblait pas dépasser quelques kilomètres. C'est comme ça que j'ai appris que sur la toundra, tout est beaucoup plus loin qu'il n'y paraît. L'immensité sans arbres se prête aux illusions. On était capables. La tâche la plus colossale consistait à franchir les nids de mouettes. Impossible d'en faire le tour ; il fallait traverser leur aire de nidification au pas de course. Le courage ne vient pas tout seul et on court le plus vite possible, ta petite main dans la mienne.

Dès qu'on s'approche de leurs nids, les mouettes fondent sur nous en hurlant. On a pris nos jambes à notre cou et j'ai gardé un poing brandi vers le ciel pour qu'elles visent le point de contact le plus élevé. Je sentais leurs coups de bec à travers mon gant fin. On a couru de toutes nos forces, nos précieuses rations se sont même délestées de quelques sacs de chips. On était toutes rouges et hilares quand on est arrivées de l'autre côté. Je n'oublierai jamais ton adorable frimousse ce jour-là, si fière, grisée par notre exploit. Je portais ton cœur dans le mien. Aujourd'hui encore.

Sur la toundra clairsemée, rocailleuse, aucun arbre et presque pas de terre. Les lichens mettent des centaines d'années à pousser. Ils prolifèrent, ils meurent et en s'accumulant, ils finissent par former l'humus. On était environnées de roches de schiste, sèches et affûtées sous nos pieds. Le crépitement net et creux de mes pas sur le schiste fait toujours partie des sons que je préfère.

On a soulevé un morceau de contreplaqué et, dessous, on a trouvé un nid de bruant des neiges avec trois oisillons chauves qui se sont mis à crier. Ils étaient si petits, à peine éclos. Sous leurs paupières encore fermées palpitaient des veines pourpres ; leurs cous avaient tout juste la force de soutenir leurs têtes. Leurs cris stridents emplissaient l'air et on s'est mises à paniquer. On voulait leur faire plaisir ! Ils avaient peut-être faim ? On a ouvert la boîte de popcorn avec l'éléphant. On a nourri leurs petits becs. Frappées d'horreur, on les a regardés s'étouffer avec le popcorn et mourir l'un après l'autre. On distinguait les grains de maïs à travers leurs petits gosiers transparents. On n'a rien pu faire. En revenant de la chasse aux insectes, la mère nous a fait pleurer encore plus fort. On a battu en retraite, penaudes comme des démones, espérant ne plus jamais en reparler ni l'une ni l'autre. C'est avec toi que j'ai fait mes plus graves erreurs. Aujourd'hui encore.

Quand on est finalement arrivées au lac Nine Mile, on était soulagées que le vent se soit un peu calmé. On s'estimait heureuses parce que les ours polaires nous flaireraient moins facilement. L'eau était vaste et propre. Étancher la soif, c'est facile avec l'eau fraîche de l'Arctique. Sur toute la périphérie du lac, il y avait des petites flaques pleines de bébés truites. J'en ai pris un au piège, je l'ai mis dans ma bouche et je l'ai laissé descendre mon œsophage à la nage ; les chatouillements de sa queue, jusque dans mon estomac. C'était exquis. Cette chair si fraîche éveillait en moi quelque chose comme un vieux souvenir ; une souvenance ancienne, manger de la chair vive. La véritable union de la chair avec la chair. Ma colonne vertébrale s'est redressée. Quand on mange la chair vivante, on en moissonne l'âme en même temps que l'énergie. Voilà pourquoi les prédateurs sauvages sont si forts. Plus on s'éloigne de l'instant de la mort, moins la viande est chargée d'énergie.

On se prenait pour des mouettes, on gobait les poissons sans même les mâcher, on les sentait frétiller dans nos gorges. On s'en est gavées. Mon corps absorbait avec plaisir l'énergie de la vie des poissons, dont l'agonie projetait dans le ciel un lumineux signal flottant. Peut-être qu'en les imitant on pourrait se transformer en mouettes et s'envoler en hurlant. Rentrer chez nous à tire-d'aile.

TOPOGRAPHIE DE LA PITIÉ

Regarde avec pitié les autres humains.
Pourquoi sont-ils opprimés à ce point ?
Qu'est-ce qui a bien pu leur arriver ?
Qu'est-ce qui a bien pu t'arriver, à toi ?
Peut-être qu'ils voient la maladie du consommateur
Peut-être qu'ils voient la maladie de l'orgueil
Peut-être qu'ils voient la maladie du détachement
Tes possessions ne peuvent rien pour toi
Ton argent non plus, même si tu veilles dessus
L'argent nous brûle comme nous le brûlons
Regardons avec pitié la terre stigmatisée
Que lui avons-nous fait ?
N'est-ce pas elle qui donne ses minéraux
Son électricité
Pour nous vomir,
Nous donner vie ?
Et puis nous ravaler

Juste pour respirer au rythme des saisons ?
Juste pour qu'on lui serve de limon ?
Elle nous regarde, peut-être pas avec l'amour d'une mère
Mais avec l'indifférence que nous inspirent nos poumons
Cette même indifférence
Que nous inspirent les humains qui n'ont pas de maison

LA PREMIÈRE FOIS QUE C'EST ARRIVÉ

Cette maison est l'empire exclusif des enfants. Par une froide nuit d'été, on s'y rassemble. Du papier métallique dans les fenêtres sert à bloquer le soleil, des bas de laine enfoncés dans le trou prévu pour la poignée de porte empêchent les petits de nous espionner. On est en sécurité dans cette maison où personne ne boit. Pas d'adultes, on fait la loi.

On est six ou sept, réunis pour passer le temps avec notre imagination et nos idéaux. Tout est tellement simple. On vit de seconde en seconde. J'ai onze ans. Quelques-uns se mettent à jouer à chat, à courir en hurlant de joie. On est restés assis à trois sur le matelas nu, adossés au mur, le dos tourné au monde entier. Une cassette de Blondie passe en boucle. Les plus grands donnent des ordres aux plus jeunes et leur disent en blaguant de respecter leurs aînés. On fait tourner les bouteilles, on cherche la cachette. On fait des concours de playback entre deux razzias sur les tablettes de la cuisine. On s'est mis du beurre de cacahuètes dans les cheveux, on aboie de rire pour un rien. Ça fait tellement longtemps qu'on n'a pas dormi qu'un doux délire enjoué s'est emparé de nous. Quelqu'un pète et tout le monde se tient les côtes pendant quinze minutes d'affilée. Quand, dans un accès d'hilarité, quelqu'un crache par le nez son Kool-Aid accompagné d'une énorme crotte de nez, on rit si longtemps et si fort que ça fait mal.

Je sens quelque chose entrer dans la pièce par le haut, dans le coin à droite. Je ne le vois pas mais je sais que c'est là, clair comme de l'eau de roche. Mon être véritable reconnaît cette sensation, se souvient du lieu d'où vient cet être, là où il vit. Il existe d'autres réalités au-delà de la nôtre ; il faut être stupide pour penser le contraire. L'univers est conscient. Cette chose-là provient des couches d'énergie qui échappent à notre perception physique. Là où on va après la mort, là où on habitait avant la conception. Ces lieux qui nous accueillent pendant des millénaires de Temps universel. On ne séjourne sur Terre, dans la chair, que l'espace d'un instant. Avant la naissance, il faut d'abord que l'énergie se tisse une âme qu'elle déverse ensuite dans un corps. Après la mort, il faut consoler l'âme traumatisée par la chair, puis la détricoter pour la reconvertir en énergie. C'est agréable de se remémorer cet endroit, mais l'être qui vient d'arriver n'a rien d'agréable.

C'est effroyable de le sentir aussi nettement. Si c'était un son, il aurait commencé tout doucement et augmenté de volume jusqu'à ce qu'on ne puisse plus penser à rien d'autre. Je suis parcourue de pressentiments. L'être grandit et révèle son intention. Il n'en a pas terminé avec la chair ; il veut pénétrer dans la mienne. J'ai la sensation d'un géant vivant, frétillant, envahissant, qui écrase les limites de ma peau à force de peser dessus. Il cherche les failles, les trous, les pores, n'importe quel moyen de pénétrer dans la chair. Curieuse, je me demande ce qui se passerait si je le laissais entrer. Je me demande comment je m'y prendrais pour le laisser entrer. Je ne ressens pas la peur, que de la curiosité. Je n'ai pas le sentiment d'être une proie. Moi aussi, je fais partie des prédateurs.

Le temps s'est figé ; plusieurs minutes s'écoulent entre chaque tic-tac de l'horloge. Comme personne d'autre ne s'énerve, je m'aperçois que cet être n'est pas détectable par tout le monde. Les yeux de ma cousine croisent les miens dans le temps ralenti, immobile. Elle aussi, elle le sent !

Elle est assise en tailleur sur le matelas, face à moi. Toutes les deux, on sait instinctivement ce qu'il faut faire. D'où nous vient ce savoir ? Personne ne nous l'a transmis, mais c'est un vieux rituel qui dure dans nos os. Aussi vrai qu'accoucher est involontaire, on se met en rang pour prendre part à un processus qu'on ne s'explique pas encore. Elle se penche vers moi, sa tête se pose sur mes genoux et je sens cliquer quelque chose d'immatériel, comme deux morceaux de puzzle s'imbriquant l'un dans l'autre. Elle pousse son énergie dans la mienne et nous formons Nous-mêmes un seul être. Elle, c'est l'intention qui fait bouger la main. Moi, je suis la porte. Elle est la batterie, elle fournit la puissance ; je suis le phare, j'appelle et j'allume l'énergie qui se fraie un chemin et fracasse cette réalité. Il se produit un claquement retentissant, on dirait une colonne vertébrale qui se rompt.

Rien n'est plus étrange que la sensation du Nouveau Lieu où je me trouve. J'entends tout, mais étouffé, comme si j'écoutais à travers un petit tube bourré de coton. Tout ce qui m'entoure est dénué de lumière, et moi, de poids. Ici règnent la liberté, la délivrance des tourments conscients. Je ne suis pas dans mon corps. Le Temps s'est changé en quelque chose de léger, d'inoffensif, qui ne ronge plus mon enveloppe physique. C'est le

Temps qui nous dévore, qui nous rabat dans la terre. En l'absence d'un corps, les forces comme le Temps et la Gravité perdent leur pouvoir.

Après avoir passé ce qui m'a paru une éternité à apprivoiser ce Nouveau Lieu et à m'y étirer, je perçois un léger mouvement sur ma droite. Un petit remous, à un mètre environ. Deux orifices lumineux en forme d'amandes flottent à ce qui serait la hauteur de mes yeux. Ils émettent de la lumière comme une télévision allumée dans une pièce obscure. Par ces ouvertures en forme d'amandes, je vois courir les enfants dans la pièce où se trouvait mon corps ; je distingue les couvertures élimées posées sur le matelas. Je perçois la réalité de mon corps. C'est à travers ses yeux que je regarde.

Si cette prise de conscience ne m'inquiète pas, c'est parce que le bien-être éprouvé hors du Corps est notre état d'existence véritable. Ce calme se change peu à peu en appréhension quand je détecte la présence de l'être qui est entré dans la pièce tout à l'heure. Maintenant que j'ai quitté mon corps, je distingue sa forme.

Noueux, canin, masculin, il a l'œil perçant, les dents longues et gâtées. Il a déjà été humain. Il est gigantesque, sinueux, tout en muscles et en nerfs. Rendu aveugle par les cataractes et de la haine, il a perdu la majeure partie de sa peau. J'ai senti qu'il était mort d'une mort horrible, peut-être plusieurs fois. Le fardeau du châtiment, il en a affûté l'écho. C'est un assassin. Je le capte dans toute son amertume. C'est le besoin de venger quelque chose d'effroyable qui le pousse à reprendre un aspect physique. Je sais qu'il a perdu la vie à cause d'un acte maléfique. Il est vif comme l'éclair. Il en bave. Un des enfants présents dans la pièce est apparenté à la personne sur qui il veut prendre sa revanche. Il veut tuer cet enfant et d'autres avec, si possible. Cette tuerie lui rendra sa peau, sa vue, son honneur, en plus de le soulager d'une partie de sa haine. Elle va guérir l'ADN de sa famille et porter chance à ses descendants vivants. Rétablir l'équilibre. Tuer avec modération peut guérir. En tuant, on peut se nourrir. La vie nous tue chaque jour.

L'être, qui flotte maintenant dans le coin gauche de la pièce, se précipite soudain vers moi, vers la lumière. Il va vite, si vite que je le distingue à peine. Il fonce vers les ouvertures des yeux. Pour revendiquer ma chair, il doit faire entrer sa conscience dans les orbites de mon corps. Quand il aura appuyé son visage contre les yeux de mon corps, ils seront à lui. Je sais que s'il parvient à prendre possession de mes yeux, tout mon corps lui appartiendra. Il se trouve maintenant juste à côté de mon être spirituel, il se rue sur ma chair, seul un moment le sépare de sa nouvelle réalité.

Je n'en reviens pas de sa puissance, de sa claire beauté ni de sa haine. Je n'ai jamais rien senti d'aussi intense.

À l'ultime seconde, j'émerge de ma transe et, faisant appel à toute ma volonté, je le repousse et j'entre d'un bond dans mon champ de vision. L'écarter, c'était comme déplacer une montagne écumante de colère. Ça brûle d'entrer en contact avec lui. J'ai dû faire appel à mes dernières réserves de force mentale et spirituelle pour le repousser. Je pose mes yeux contre les orbites pour établir la Liaison. J'ai l'impression qu'une lumière bleue se déverse sur mon visage, et le Corps me semble peser un million de kilos de matière noire. Je sens de nouveau le Temps, c'est la sensation de la mort. C'est abominable. Quand l'âme se réinstalle solidement dans la chair, j'entends de nouveau un claquement retentissant tandis qu'un courant électrique me traverse.

La seule manifestation physique de tout cela est un léger soubresaut de mon bras. Tous les enfants présents dans la pièce hurlent d'horreur à la vue de mon geste qui devait avoir quelque chose de surnaturel, si j'en crois les sanglots que se met à pousser le gars caché derrière un oreiller à côté de moi. Plusieurs autres enfants se sauvent en courant. Alors que rien d'anormal ne transparaissait jusqu'ici, ils savent d'instinct qu'ils doivent fuir.

Je reste médusée. Ma cousine lève les yeux vers moi comme dans un rêve et on esquisse toutes les deux un sourire carnassier. Tout ce temps-là, elle était avec moi. Elle a vu. Quel plaisir de harnacher la peur.

Quelque chose rôde
Quelque chose d'oblique
Quelque chose de creux
Quelque chose de superficiel, de cireux
Quelque chose de tremblant
Quelque chose de lent
Suceur de boue et
Gavé de peine

Quelque chose remue
Quelque chose de plein
Quelque chose d'épais, de froid
Quelque chose d'imperceptible
Quelque chose d'invisible
Quelque chose qui veut la guerre
Quelque chose d'obscène

Qui me donne envie de me cacher sous les couvertures et de faire les mauvais choix
Qui me donne envie de détruire ce que j'ai devant moi
Que seules les larmes peuvent délivrer

1978

Petit matin. Les Frosted Flakes ont ramolli. Je suis plongée dans la contemplation des flocons à moitié submergés, mi-croquants, mi-tendres. Tape tape tape la cuiller contre le bol en céramique ; on dirait que ça m'aide à faire tomber le sommeil qui refuse de décoller du dessus de ma tête. Je me sens brumeuse et engourdie. Abrutie par l'ennui. Il fait nuit noire dehors. Au point mort de l'hiver. On n'a pas vu le soleil depuis des mois. Les étoiles me dévisagent par la fenêtre. Le vent secoue la maison en hurlant son urgence. Le vent chante, mais des coups de hache remplacent les coups de gorge.

Un chien hurle. Cinq autres font comme lui. J'enfile mes kamiit et j'ouvre d'un coup de pied la porte gelée. L'école reste ouverte : il ne fait pas assez froid dehors. Il faut que ça descende en bas de cinquante avec le facteur éolien pour qu'on mérite un jour de congé. Les routes sont couvertes de glace et le demeureront jusqu'à mai ou juin.

Le pergélisol reste vivant dessous tout ça, dans un temps ralenti qui préserve ce qui pourrirait normalement. Les kamiit aident les pieds à se mouvoir adroitement sur la glace glissante, la neige craquante, les bancs de neige ensevelissants. De la peau de phoque, c'est chaud, mais j'ai perdu le sang que mes pieds charrient. Le Froid a fait fuir le sang de mes orteils. Nos pieds ont une mémoire interne des tendons qu'il faut retrousser pour éviter de tomber sur toutes sortes de glaces différentes. Il arrivait qu'une langue de Neige tranche la glace en deux, un stratagème pour nous faire tomber. La Neige se laissait écraser sous nos pieds quand elle ne nous pourchassait pas de sa légèreté. La Neige pouvait soutenir tout le poids de ton corps ou décider de te jouer un tour et de t'engloutir dans son duvet secret.

Elle est volage, la Neige. Elle se soulève et va partout où le Vent lui dit d'aller. Un élément contrôle l'autre dans le cycle de l'oubli. Les intempéries sont le souffle de la terre, voilà tout. Le Vent apporte le froid, il entraîne la mort. Les réverbères portent des halos de neige tourbillonnante où apparaissent des arcs-en-ciel quand on les regarde en plissant les yeux. Avec le bruit de mes pas pour tout son d'origine humaine, je continue à marcher vers l'école dans le matin creux.

Souffle enfiévré
Poumon de glace
Gorge éraillée
Ventre de lave

Huitième année. Argh. J'ai encore un énorme bouton de fièvre sur le menton. Dix kilomètres de large et tout suintant. Je fais de mon mieux pour le cacher sous mon écharpe, pour cuirasser mon ego contre les railleries que je m'apprête à recevoir. « Pustule », voilà comment on surnomme la personne affublée d'un bouton de fièvre. Ce nom peut aussi s'appliquer en cas de varicelle, d'eczéma, de morsures de punaises de lit et autres maladies de peau. Jamais rien d'aimable dans la série de sobriquets donnés aux élèves de notre école, mais ils étaient souvent si amusants qu'on en portait joyeusement le fardeau quand c'était notre tour. Je remercie muettement l'univers d'avoir échappé à celui de « lèche-queue », dont a hérité mon amie Casper Noviligak parce que jeudi dernier elle a sucé un hot dog pour gagner un pari.

Ce matin, j'ai mis quinze minutes à enfiler mon jean. Il est tellement serré que ça me fait mal de respirer. Des fois j'ai besoin d'un cintre pour le zipper. Plus le jean est moulant, mieux c'est, et la mode est au fluo : jambières fluo, collants fluo, chemises fluo, pinces bananes fluo. On s'empile les cheveux le plus haut possible, même si le vent démolit nos coiffures au point que chaque fois qu'on revient de l'extérieur la toilette des filles s'embrume de Final Net. On porte nos t-shirts Chip and Pepper qui changent de couleur selon la température du corps (ce qui nous oblige à dissimuler nos aisselles orange vif après le cours de sport) avec un jean délavé à l'acide et du fard à paupières bleu pâle. AC/DC. Les coups bas qu'on fait pour presque rien.

Je n'ai pas mis de gloss rose givré aujourd'hui, ça jurait trop avec mon bouton de fièvre. Mes lèvres gercées se fendillent et mes cheveux soulevés par l'électricité statique rejaillissent dans mon bouton de fièvre. C'est sec, l'hiver. Genre, zéro humidité. Le froid la prend en otage. Les gars frottent leurs bas de laine contre le tapis pour donner des chocs aux filles avec leurs doigts tendus et leur jubilation sadique. Je déteste ça.

Je voudrais avoir la taille d'une fourmi, ou disparaître tout bonnement. Cette année, tout le monde a de la poitrine sauf moi. Tous les matins, le ruban à mesurer se retrouve devant le miroir et j'entretiens l'espoir d'un miracle, qu'il me soit soudain poussé des seins, mettant fin pour toujours au règne de mon surnom : Balles de golf. En leur lieu et place, je dispose des feuilles de papier de toilette pour former un nid douillet dans mon soutien-gorge. Les outrages qu'on subit dans l'enfance ne font qu'augmenter avec l'âge, nous dit-on. Ça me paraît impossible.

J'obtiens des bonnes notes à l'école sans faire trop d'efforts. Je fais exprès d'échouer à certains examens pour éviter de m'attirer le courroux des filles populaires, qui paraissaient croire que la moindre réussite scolaire nous rendait vaniteuses. L'école instille la peur et le malaise ; je pense que c'est voulu. C'est impossible de rester assise aussi longtemps. J'ai le cul engourdi. Qui a mis au point ce système ? Le lent supplice qui consiste à regarder tictaquer la grande aiguille, à suivre le vol des pellicules autour de la tête du prof quand il se plante dans la lumière. Comment peut-on en avoir même en frôlant la calvitie ? C'est tellement dégueulasse, vieillir. Troublant d'assister à la lente déliquescence des gens. J'écoute les enfants respirer, soupirer. On s'observe à la dérobée. On écoute gratter nos crayons avec une seule envie : courir. On écoute le vent hurler sa liberté, englués dans le silence.

Cours de mathématiques. Au-dessus de son manuel scolaire, le beau gars lève vers moi son regard et son sourire tandis que sous la table il tient la belle fille par la main. J'ai beau savoir qu'il me manipule, je meurs un peu en dedans. Ses cheveux noirs sont coupés en brosse et il sent légèrement le moisi, comme si sa mère avait attendu trop longtemps avant de mettre les vêtements dans le sèche-linge. Pour compenser, il a son assurance fulgurante et son esprit acéré. Sa vivacité. J'ai un choc chaque fois qu'il me regarde. Il en a déjà trop vu dans la vie, et avec sa propension naturelle à la cruauté, en plus des hormones qui courent dans ses veines, il dresse les filles les unes contre les autres, hérissées comme des chiennes de traîneau. Ça ne l'empêche pas de toutes les goûter. J'ai toujours eu horreur de cet étalage public de jalousie, ces filles prêtes à s'arracher les yeux pour un gars. S'il me laisse tranquille, j'arrive à rester digne, mais je subis l'attraction qu'il exerce sur une partie de moi qui m'est étrangère. C'est ma première vraie passion.

Le prof nous parle de physique. Quand je pense à ma réaction, d'intensité égale mais de sens opposé, au regard qu'il vient de me lancer, je rougis violemment. Sa copine s'en aperçoit. Merde ! Je vais y goûter après l'école. Des portes s'ouvrent et se ferment, les livres de la bibliothèque m'appellent avec leur odeur rance de vieillards. Les horloges tournent. Je me fais aplatir la tête contre mon casier à la récréation et voilà, l'école est finie pour la journée. Merci mon cul.

Je ne fonctionne qu'en haut de la taille
Épidurale psychologique
Engourdie
On m'a pénétrée trop jeune
On nous a pénétrées trop jeunes
Jetées dans une fosse à bitume
Plus je me débats plus je coule à pic
Le Froid te préserve le Chaud t'attire au fond

Un regard de ma fille Ses cheveux soyeux emmêlés et ses éclats de rire font écho à Mon sang ma cervelle éclatée sur le mur de la salle de bains Un texto de ma mère « Je t'aime »

Mon corps suspendu à la rampe d'escalier

Une accolade, un message tendre :

Ne t'approche pas des couteaux de cuisine aujourd'hui

Mon amant pose sa main sur ma nuque quand on s'embrasse Noyée dans la baignoire J'ai pitié de tous ceux qui m'aiment parce qu'ils méritent mieux Un millier de blagues Un million de mensonges alors que tout le monde observe celle qui marche et qui parle avec ses jambes avec sa bouche C'est ça le cadeau apporté par le viol Ce n'est pas de la violence faite aux femmes C'est de la violence faite par les hommes Je baisse la tête Et je me dresse de toute ma hauteur Dans l'espoir de notre guérison collective Et je me noie La tête pleine de goudron

Ma drogue de prédilection en ce moment, c'est le butane. Ça fait du bien de planer vraiment au lieu de faire semblant, comme quand on roule de l'origan en se racontant que c'est de la beuh. Une fois, on a vendu un peu de bouse de caribou à un fils de touriste en lui disant que c'était du haschich. Quand on lui a demandé si ça lui faisait effet, il a répondu que c'était « du super bon shit ! ». On en rit encore. Le butane, c'est propre. Ce que j'aime, c'est en voler à la Co-op, appuyer la canule contre mes incisives pour libérer le gaz et inspirer profondément. Les étoiles s'aiguisent, les couleurs s'accentuent. Les sons s'allongent. Tout se pixélise, s'embrouille et s'éclaire en même temps. L'écho devient mon univers et la torpeur se change en éclairs lumineux tandis que le sol ondule en vagues roulantes. Je suis un navire. Je suis la foudre. Je suis chez moi dans ce monde où rien n'existe. Après la descente, je vais devoir me cacher de ma mère pendant plusieurs heures, sinon elle va voir dans mes yeux que je suis défoncée. Ses yeux qui ont toujours connu les miens. C'est elle qui les a faits, après tout.

Musique country et voix de stentor m'arrachent au sommeil d'un coup sec. La porte de la chambre s'entrebâille, laissant entrer des volutes de fumée, et la musique est plus forte pendant l'instant où la porte est ouverte, puis s'atténue quand elle se referme. Un poids sur le lit.

Feignant le sommeil, je m'en vais au lieu sans visage.

L'air se raréfie
la chair, on pourrait la brasser comme du beurre chaud
et la mâcher, et l'avaler sans faire mal à personne
là où mes entrailles
se laissent extirper par le bout de mes doigts.
La mort est incorrompue.
Quand on est sale, on aspire à la propreté.
Là où les lumières s'estompent
où la réalité s'embrouille
où les pensées rougissent,
le battement de ce cœur cessera
de pomper ce que les autres appellent rêves et espoirs
dans un cauchemar cardiovasculaire.
Une enfilade sans fin de pièces,
toutes plus sombres les unes que les autres,
dissimule tout ce qui est vrai.
Les murs dansent.
Tout le monde doit jouer le jeu
et faire semblant.
J'ai soif de roc sous mes pieds
J'ai soif

Soif de vision claire
J'ai soif d'être
tout sauf moi.
Je me débats,
le souffle coupé.
Je ne vois rien
à travers le brouillard.
Je ne sens plus rien du tout.
Sauf l'écho dans ma conscience
que rien ne dure
Il faut faire confiance
à ce monde qui s'est montré parfait
dans sa distribution du chaos.

Je suis tirée d'un profond sommeil par le grincement d'une charnière. La porte s'entrebâille. Une colonne de lumière pénètre dans la chambre obscure. Pour un instant, la musique est plus forte, une chanson country. J'entends un crescendo de rire et de réjouissances tapageuses en inuktitut. Une odeur de fumée de cigarette et d'alcool suit. Un homme qui n'a pas de nom entre, une silhouette, une ombre.

Je partage ma chambre avec une grande qui est rentrée depuis un moment ; elle ronfle doucement sur le lit voisin du mien. Je me suis sentie soulagée quand elle est venue se coucher, je n'aimais pas me trouver là toute seule. Les années de son adolescence ne sont pas encore passées. L'homme s'insinue dans la pièce et s'assoit sur son lit. En s'asseyant, il expire bruyamment, c'est signe qu'il a trop bu. Ça sent fort l'alcool fort. Le souffle rauque et haletant, il la secoue doucement pour lui demander si elle dort. Pas de réponse. J'entends remuer, un élastique claquer, des vêtements qu'on enlève. Je risque un coup d'œil : une lamelle de vision à travers une paupière autrement bien serrée. Il lui a ôté son pantalon ; son pubis pris en étau par ses gros doigts. Elle émet un petit son. Il lui grimpe dessus et je le vois manœuvrer lourdement. Elle commence à se réveiller. J'ai une drôle de sensation dans le ventre, comme dans les montagnes russes. Elle, je l'entends murmurer : « La petite est dans l'autre lit. » Lui, il répond : « Elle est trop jeune, elle dort », et poursuit ses efforts.

Ça s'est vite terminé, ressorts grinçants et soupirs miaulants. Dans mon ventre, l'appréhension a cédé la place au dégoût. Je n'ai pas eu le courage de regarder de nouveau. J'ai juste fait comme si de rien n'était.

Cours d'inuinnaqtun. Je déteste ça. Les mains sèches, brunes, parcheminées du prof me répugnent. Des drôles de lignes blanches transparaissent sous ses ongles. Trop mince, il arrondit son dos comme s'il s'apprêtait à recevoir un coup de pied. Il a les mouvements nerveux d'un rat. Il porte des lunettes d'aviateur aux verres jaunes. Il pue la victimisation et l'insécurité. Désespéré, tremblant, il nous balaie du regard en poussant des exhalations bruyantes et douloureuses. Les commissures de ses lèvres sont marquées d'une mousse blanche.

Sa bouche affamée produit des sons évoquant des leçons d'inuinnaqtun, mais ses yeux nous dévorent tout crus. Une fois, j'ai vu une photo de lui quand il était jeune, le jour de son envoi au pensionnat, habillé de vêtements en peau de caribou, le sourire aux lèvres. Il souriait vraiment. Il n'avait pas encore de linceul. Il fait partie des gens dont je sens la présence. Il est ce que j'ai déjà connu, et puis il fait ce que j'ai déjà vu.

Symbol	Sound	Symbol	Sound	Symbol	Sound	Finals	
ᐃ	i	ᐅ	u	ᐊ	a		
ᐱ	pi	ᐳ	pu	ᐸ	pa	ᑉ	p
ᑎ	ti	ᑐ	tu	ᑕ	ta	ᑦ	t
ᑭ	ki	ᑯ	ku	ᑲ	ka	ᒃ	k
ᒋ	gi	ᒍ	gu	ᒐ	ga	ᒡ	g
ᒥ	mi	ᒧ	mu	ᒪ	ma	ᒻ	m
ᓂ	ni	ᓄ	nu	ᓇ	na	ᓐ	n
ᓯ	si	ᓱ	su	ᓴ	sa	ᔅ	s
ᓕ	li	ᓗ	lu	ᓚ	la	ᓪ	l
ᔨ	ji	ᔪ	ju	ᔭ	ja	ᔾ	j
ᕕ	vi	ᕗ	vu	ᕙ	va	ᕝ	v
ᕆ	ri	ᕈ	ru	ᕋ	ra	ᕐ	r
ᕿ	qi	ᖁ	qu	ᖃ	qa	ᖅ	q
ᖏ	ngi	ᖑ	ngu	ᖓ	nga	ᖕ	ng
ᖠ	lhi	ᖢ	lhu	ᖤ	lha	ᖦ	lh

La nuance des gestes de ses mains nous fait voir des secrets profondément enfouis qui se meuvent sous la surface de notre conscience. Il a été maltraité, je le devine à sa posture. En général, il reste voûté, mais il se grandit et redresse les épaules devant ses subalternes, devant ses victimes. Il est petit. Il est vaincu. Il me dégoûte.

Je me sens nulle dans cette classe. Ma mère ne m'adresse plus jamais la parole en inuktitut. Les pensionnats ont bouté l'inuktitut hors de cette ville au nom du progrès, au nom de la bienséance. Tout le monde voulait aller de l'avant. Avancer avec Dieu, avec l'argent, avec la peau blanche mais pas sur la voie du chamane. Alors je me suis demandé ce qu'on ne m'enseignait pas. Demandé pourquoi ce qu'on m'enseignait me donnait une sensation de papier sablé sur ma peau. Ça me faisait de la peine de voir s'éclipser l'inuktitut. Il vit juste en dessous de mon subconscient, comme les secrets du prof.

Tant de choses se sont éclipsées de nos jours. Les élèves ricanent et jugent leur intérêt mutuel pour les activités qu'on nous donne. On découpe les mots de nos ancêtres, on les colle sur des poupées de papier qui nous représentent et on se sent tous un peu vides.

Je m'éveille en tremblant. Je fais des cauchemars épouvantables. On dit que c'est signe de mauvaise conscience. Ce n'est pas notre faute.

On en fait notre faute. On aime en faire quelque chose d'énorme, mais la Culpabilité se glisse dans nos poches. Honte et Culpabilité sont les dons divins suprêmes. Ces rêves qui semblent monter du centre de la terre me rongent l'âme et se repaissent de mon être. Parfois c'est le diable qui vient m'empaler, me trancher en deux, m'équarrir les reins. Ce sont des rêves horribles, mais ceux dans lesquels je vois des gens torturés sont pires parce que je n'arrive jamais à les aider. Vulnérable dans mon inconscience, je me fais toujours dévorer ; un poids immense, celui de tout l'univers, vient se poser sur moi et m'étouffe d'ineptie. Me rend aveugle et lente. Impotente. Impuissante. Muette. Peureuse.

Les rêves me suivent toute la journée pour me forcer à agir, pour changer ce qui m'a rendue anxieuse. On n'aime jamais s'écouter, même quand on sait qu'on le devrait. On continue de peine et de misère, ignorant ce qui doit être, ce qu'on doit être. On nous apprend à craindre nos instincts. Il faut traquer la Peur, tomber amoureux d'elle et triompher ainsi, chaque jour, du doute de soi. Ensuite vient la joie. Ensuite vient l'abandon du contrôle. Ensuite vient la légèreté. Ensuite vient la liberté. Qui délivre les rêves.

Les gens essaient de se cacher d'eux-mêmes, mais je vois à travers eux. Tout le monde peut voir, puisqu'on a tous les mêmes instincts, ceux qui ont aidé les générations précédentes à survivre. La société édicte les normes régissant ce qui est acceptable, mais en réalité les seules règles sont celles de la nature. La Loi naturelle. C'est impoli de dévoiler un mensonge. Moi, je trouve que jouer le jeu des faux-semblants, c'est manquer de respect à notre être spirituel. En général, les visages et les mots de façade diffèrent tellement de notre être véritable, des vulnérabilités que les gens aiment dissimuler. Je vois à travers leurs efforts pour imiter ce qu'ils voudraient être. Je les vois se convaincre que leurs actions sont justifiées. Je *les* vois.

La meilleure façon de décrire cette observation serait d'imaginer un visage sculpté dans la pâte à modeler et animé par quelqu'un. La bouche remue, émet des bruits étouffés, mais il en sort une lumière vive et c'est la couleur de cette lumière qui détermine ce qu'on ressent vraiment. Parfois la lumière est chaleureuse et délicate et ces gens-là, je leur cours après, je cherche à passer plus de temps auprès d'eux. Rien n'est plus beau qu'un être vrai.

Parfois leur lumière est malade, ils veulent nous contaminer avec, nous entraîner au fond à pleines griffes, dans un effort désespéré pour trouver la sécurité dans la multitude. Parfois les yeux sont morts, la lumière est morte et ils ne sont plus qu'un corps. Ceux-là, ils sont vraiment dangereux, parce que rien n'empêche une âme égarée de venir se glisser dans leur enveloppe pour l'utiliser à ses propres fins. Ces gens-là, évite-les. Ne passe pas trop de temps en leur compagnie, car le Temps est changeant ; la trajectoire de notre fragile existence est tracée par des artères d'énergie. Ceux qui sont dangereux peuvent te faire changer de couleur. Faire dévier ton chemin. Ne mange pas en leur compagnie, de crainte d'absorber leur énergie par mégarde. Ne les touche pas ; ça leur permet d'entrer par un chemin plus commode. Surtout, n'essaie pas de les aider, car ce serait comme t'attacher des pierres aux pieds, comme sauter avec eux dans l'eau glacée.

Je vois ton visage changer.

Je te vois.

ᓯᕗᓕᕕᓂᕗᑦ ᖃᐃᒥᑦᑎ

ᑕᑕᑎᖅᑎᒍᓪᓗ ᓴᖖᒋᓂᕐᒥᒃ

ᕿᓄᐃᓵᕐᓂᕐᒥᒃ

ᓯᕗᓕᕕᓂᕗᑦ ᖃᐃᒥᑦᑎ

ᐃᑲᔪᖅᑎᒍᑦ ᐊᔪᕐᓇᖅᑐᒦᑎᓪᓗᑕ

ᓯᕗᓕᕕᓂᕗᑦ ᖃᐃᒥᑦᑎ

ᓴᐃᒻᒪᖅᑎᑎᒍᑦ ᖃᐅᒪᓂᕐᒧᑦ

ᕐᑯᓯᓐᓇᒦᒃ ᑕᐃᒃᑯᐊ ᓯᕗᓕᕕᓂᕗᑦ

ᕐᑯᓯᓐᓇᒦᒃ ᑕᐃᒃᑯᐊ ᓯᕗᓂᑦᑎᓐᓂ ᐃᓅᓛᖅᑐᑦ

Je rentre de l'école à pied, la musique country joue encore à tue-tête. Les pulsations suivent le métronome, mais les hurlements et les cris stridents des auditeurs n'obéissent qu'au chaos. La maison tremble tant les gens dansent. Des rires enjoués s'échappent des carreaux vitrés. Ce n'est jamais une bonne idée de rentrer dans ces circonstances. Les fêtards ne feront qu'exiger que je me fasse l'écho de leur toxicité. Je ne connais rien de plus ennuyeux. Ils se pensent tellement intelligents mais ils ne sont que hagards et répétitifs.

Je presse le pas en direction de la mer de glace. La maison de mes parents n'est qu'à quinze mètres de l'immensité de l'océan Arctique. J'alterne : des fois je marche sur l'eau, des fois sur la terre ; elles nourrissent différentes parties de mes pieds, font vibrer mes fémurs à différentes allures. La mer semble éternelle. Elle apporte le réconfort sous forme de Vaste Solidarité. Notre Matrice originelle. Je me demande si, avec la même viscosité, les courants d'air ressembleraient à ceux de l'eau. Les Aurores boréales se reflètent les unes les autres des côtés opposés de la Terre. Jusqu'où va la connexion ? Jusqu'où peut-on voir sous le régime de la chair et du sang ? La Glace océane peut en soutenir tellement. La glace empêche la pourriture ; elle peut retarder ton fardeau. Et y mettre un point final en t'emplissant les poumons.

Immobile. Je reste allongée sur la banquise pendant une durée indéterminée, car le Temps est parti se promener. Poumon givré, rate effrayée, de mon ventre s'écoule une rivière de sang. L'eau peut-elle avoir connaissance de mes courants charnels à travers dix pieds de glace marine ? Mon sang peut-il se mêler rituellement aux courants de la mer ? La Lune approuve, qui répand le sang comme la lumière pendant les longues nuits d'hiver. Vent dans le visage, rythme dans le chaos, consolation dans les constellations.

Une fine lamelle de lumière verte se met à palpiter dans le ciel. Le froid me mord au visage et l'engourdit après un vif élancement de douleur. La morsure du gel. Mon souffle s'accumule en épaisse couche de givre sur mon écharpe, mais j'aime ça. Ça vaut toujours la peine de geler pour les Aurores boréales. La légende veut que si on leur envoie des cris ou des sifflements, elles descendent nous couper la tête. C'est ridicule, mais j'avoue être déjà rentrée à la maison à toutes jambes, la fois où l'horizon entier était baigné de lumière, où les remous de jade du tonnerre grondant secouaient mes vertèbres comme des dés. Peut-être qu'un son fera descendre une Aurore du ciel ? Une onde ne pourrait qu'aider à en attirer une.

Arqsarniq. C'est pour toi que je chante. Que je fredonne, d'une voix d'abord tremblante, de minces volutes vocales. La trépidation se dissout, laissant émerger une expulsion sonore vibrante, palpitante. De plus en plus dense, plus riche, plus massive. Le son a un cours qui lui est propre. Le son est l'égérie d'un monde dont l'entière compréhension nous échappe. La puissance du son convertit nos pensées en émotions qui se manifestent alors dans l'action.

Le son a le pouvoir de guérir.

Le son a le pouvoir de tuer.

Le son est malléable. Le son peut se faire lance ou aiguille. Le son peut infliger la blessure, puis la recoudre. Le son peut cautériser, matérialiser. Personne n'entend ma chanson, sauf l'Aurore boréale.

Mon corps se réchauffe et, du fond de moi jusqu'à ma peau, je sens se sculpter des colonnes de clarté tourbillonnantes qui surgissent de mon corps pour s'allonger haut dans le ciel et creux dans l'eau. Je suis un pilier gorgé des dimensions que nous devinons sans jamais les voir. L'Aurore boréale enfle, de lamelle devient immense rideau de mouvement qui palpite d'est en ouest, parallèle à ma forme sur la banquise. La lumière s'enhardit, elle s'approche, l'air curieux, attirée par le son de la chair, par ma maigre offrande spirituelle. La pression bouche et débouche mes oreilles et ma tiédeur intérieure commence à se transformer en chaleur. Les lueurs se mettent à fondre et je jurerais qu'elles m'appellent pour me faire remonter/avancer dans le Temps, revenir au temps qui précéda ma naissance et où je retournerai après ma mort.

À mon chant, elles unissent leur son : un tintement aigu mêlé au craquement sec de l'électricité. Je le sens sur ma peau et dans mon ventre. Un chien hurle et j'entends aussi quelqu'un pleurer de douleur au loin, bien loin, mais voilà très longtemps.

L'Aurore boréale enfle encore, revêt des formes de visages flous, omnipotents, salvateurs et assassins. Ils se font plus nets, je vois des Tantes et des Arrière-grand-mères. Je vois des Ancêtres et des enfants à venir ; les jeunes commencent à peine à se développer, à préparer leur âme pour la prochaine rotation de leur Périple terrestre. On met des millénaires à retourner sur Terre après la mort. La majesté de nos ancêtres m'arrache des larmes, je dis merci d'avoir la chance d'en être témoin.

Mes larmes gèlent. Ma chaleur intérieure se met à brûler et le monde chavire.

Puis c'est le silence. Le vide. Le vent seul occupe l'espace. J'ouvre les yeux, j'émerge de ce qui devait être un rêve périlleux. Ma poitrine et ma gorge me font mal. J'avais dézippé mon manteau, semble-t-il en guise d'offrande. Le froid a fait de moi ce qu'il voulait. Poumon de glace, poitrine gelée, cœur de givre. Je remonte mon zip et je rentre en courant vers le rythme sourd, réconfortant maintenant, de la basse de Johnny Cash.

Ananaa me demande où j'étais passée. « Sortie marcher », que je réponds avant de me réfugier dans la salle de bain où, en me mouchant, j'expulse la substance lumineuse d'un vert luisant qu'a laissée dans ma tête l'Aurore boréale et qui se tortille comme une larve.

Cette tapisserie n'a pas été tissée
Par accident
Soyeuse supercherie
Chaque fibre entrelacée de mensonges
L'eau bleue abîmée dans une mer de rubis
Marée rouge
Venimeuse intention camouflée par le lustre
Du fil
Nous, quand on tisse,
Ce n'est pas qu'une toile de nostalgie, de gloire ou d'envie
Chaîne de faim
Trame de besoin
Pour conquérir, pour vaincre, pour étouffer
Les piquants de l'écale
On sème des idées
Attention aux balles
Poing levé, on trace
Des traits fins qui nous unissent
Dressées contre les navires
Voiles de coton soie d'histoire

La survie pour seul guide
On tisse avec nos nerfs
Un filet tendu
Pour attraper ceux qui ne sont pas encore morts,
Ceux qui se noient sur la terre ferme.
La vérité, on la cueillera.
On rachètera la déchirure.
Ainsi la tapisserie se retisse.

Il y a trop de renards cette année. En général, ça se produit par cycles de quatre à sept ans, en fonction de la fonte et des pluies. Les averses abondantes font remonter à la surface les lemmings et leurs petits, proies faciles pour les renardeaux. S'ils sont trop nombreux à survivre, les renards vont manquer de nourriture l'hiver venu.

Ils peuplent le dépotoir et toutes les poubelles de la ville en sont pleines. Une fois, j'ai vu cinq renards dans la même poubelle rouillée. Certains attrapent la rage et tous les enfants doivent s'armer d'un bâton pour aller à l'école, de préférence avec un clou dedans. Toutes les habitations du Nunavut doivent être bâties sur pilotis à cause du pergélisol, qui empêche de creuser des fondations. L'espace ainsi créé sous les maisons constitue une cachette idéale pour les renards, ces créatures si mystérieuses, si déterminées. Si la louve et le lynx s'accouplaient, Renard serait leur enfant naturel, lui qui semble incarner la taille et la singulière agilité du chat, alliées à la force et à la ténacité de la race canine. Mon ami Eugène a dû recevoir une piqûre contre la rage dans son ventre après avoir été mordu ; ça n'avait pas l'air agréable. Il n'a pas pleuré, j'étais fière de lui. Faisons en sorte d'éviter la rage.

Mon père et moi, on sort tuer des renards avec le pistolet. Les coups partent avec des clacs et des cracs sonores, satisfaisants. Pendant un instant, je me sens héroïque de les sauver de la lente agonie de l'inanition. Mon père est vigoureux, sûr de lui. J'espère qu'un jour la même force émergera de ma psyché fragile. Les renards s'enfuient. Les renards meurent. Je les pleure, mais je comprends qu'il est dangereux de regretter ceux qui ne verseraient pas une larme pour moi en retour. L'empathie appartient à ceux qui peuvent se l'offrir. L'empathie appartient aux privilégiés.

L'empathie n'appartient pas à la Nature.

Notre famille avait des chiens qu'il fallait parfois enterrer ou libérer de leurs souffrances. Mon père faisait toujours consciencieusement son travail, même s'il s'agissait d'abréger les souffrances de nos animaux domestiques. Il s'en acquittait sans laisser de place aux regrets. Il le faisait, c'est tout. Comme on naît tous, comme on meurt tous. Pas de choix, que l'action. Ces renards vont mourir de faim ; mieux vaut abréger leur calvaire. Ces renards vont nuire à nos enfants ; mieux vaut abréger leur calvaire. Ces êtres humains vont détruire la terre ; mieux vaut abréger leur calvaire. Pour l'instant, nous Dévorons la Terre, mais moi, je veux aimer le sang, vomir de la graisse, ouvrir grand mes ailes, me gorger d'âme, lécher la chair. Je veux tout avoir. Je tue des montagnes de renards dans mes rêves. Par compassion, mais ça m'amuse quand même.

À propos de mon rêve de cette nuit : le ciel a cette teinte d'orange qui ne se produit que l'automne, quand le soleil de minuit commence à décliner. Des collines de grès vallonnées qui ressemblent aux pages d'un livre rendent la marche impossible, sauf sur l'étroit sentier de leur reliure, sous peine de perdre l'équilibre. Ce chemin est défendu par des sentinelles, des ours polaires de 30 mètres de haut, tous tournés vers le sud. Je dois les dépasser un par un. J'ai une peur bleue, mais je sais qu'il faut le faire. Ce sont des bêtes de Protection et de Mise en garde. Je m'estime heureuse qu'ils restent immobiles, moi qui ne demande humblement qu'à traverser leur domaine. Le soleil se couche et le ciel est zébré d'avions dont chacun laisse un panache d'épaisse grisaille maladive. Aucun de ces appareils ne peut franchir le rang de sentinelles. La moitié du ciel vit tandis que l'autre périt. Cieux morts. Les sentinelles ne pourront pas maintenir l'équilibre éternellement.

Nous sommes la terre, les mêmes molécules, les mêmes atomes. La terre est notre salut. Sauvons Nos Âmes.

La terre est notre salut. Respirer. Baiser. Sentir.
L'empathie appartient à ceux qui peuvent se l'offrir.
La glace craquera, le sang coulera. Poumon glacé.
Soleil de givre.
Parle-moi ta langue.
Il y a tant de manières d'être vide.
Poumon glacé, joue empourprée, bouche en sang.

Il fait tempête de lumière, de gravité, de silence. Ni sol ni ciel. J'erre à travers l'électricité et le néant. Il y a quelque chose qui ne va pas du tout. Quelque chose de magnétique. Qui m'appelle à des kilomètres de distance. J'écoute l'appel. Le bruit augmente et tout à coup, issu du son, tu es là. Couché à mes pieds, mais reposant sur rien. Je tourne lentement ma tête vers toi. Tu es gris. Chaque pouce de ton être est marbré d'un gris maladif. Une couleur morte. Des veines d'argent irisées se mettent à tournoyer sous ta peau. De minuscules tourbillons d'activité. La vie ? Je m'aperçois que le mouvement vient d'une boursouflure, d'une brûlure. Comme si on t'attaquait au chalumeau à une centaine d'endroits et que ces volutes de couleur étaient le seul signe de ta souffrance. Ce bouillonnement, cet échauffement m'hypnotisent. C'est presque beau, jusqu'à ce que tu me regardes.

Nos regards se croisent. Œil noir sur œil noir. La panique est le don que les tiens font aux miens. L'angoisse et la peur scellent notre union mystique.

Ta bouche s'ouvre, émet un hurlement édenté. Tes cheveux tombent. La torture. La Douleur. Ta bouche s'ouvre de plus en plus grande, jusqu'à ce que le ciel se déchire. Quand on dépouille un caribou, on sépare souvent la peau de la chair en insérant nos mains entre les membranes, puis en les écartant. C'est ce que t'infligent d'invisibles mains, ensuite la peau se rattache afin que tu éprouves la même chose, encore et encore. La graisse se met à suinter de tous tes orifices. La mort est mille fois plus désirable que ça. Tu te couches à mes pieds. Tu te tords, tu n'arrives pas à mourir, tu m'implores. Moi, figée. Je ne peux rien faire d'autre que de te regarder dans les yeux et être témoin. Toujours je témoignerai.

Où suis-je tombée ?
On a lancé les dés et
Tu as eu un six et
Moi un un
Et voilà, le Savoir profond a disparu.
Nos larmes aujourd'hui appartiennent à d'autres,
Nous on se languit, c'est tout ce qu'on peut faire.
Il y a un de mes membres
Qui t'appartient encore
Il souffre toujours de cette douleur fantôme
Laisse-moi aux souvenirs
De ta natte,
Laisse-moi seule avec mes décisions dérisoires
Avec mes égarements.
Car tu me manques toujours
Tu me manques.

La rivière gelée pavait un long chemin qui ondulait, lisse et blanc. La neige nous aveuglait depuis que le soleil était revenu ricocher dessus. C'est un océan de blancheur qui couvre chaque surface. Du ciel tombent des minuscules flocons si légers que le vent les balaie sans effort. Le genre de flocons qui aiment bécoter les chiens du soleil et laisser sur mon visage une mince pellicule humide. Les flocons de neige qui s'insinuent dans les manches et visent le cœur. Le genre de neige qui ensevelit toujours nos morts. Je suis allée à motoneige jusque sous le pont qui enjambe la rivière, et le pare-brise raclait presque contre le bas des poutres d'acier. J'ai poursuivi dans le froid jusqu'au mont Pelly, j'allais vite sur ma motoneige et j'absorbais les bosses avec mes cuisses vigoureuses. J'étais élastique. J'étais puissante, la vitesse était mère de tranquillité. Le jour était vif et le vent pénétrant. C'était un de ces jours où on a l'impression de voir plus loin que d'autres. Avec des yeux d'aigle. Le paysage reflétait les souvenirs transfigurés de tous les lieux nordiques où j'étais allée. La neige rendait coup pour coup ; ma machine cinglait sur des vagues de mouvement. Blancheur éternelle.

J'ai remarqué quelque chose d'étrange dans le lointain. Ça ressemblait à un bâtiment à deux étages au pied du mont Pelly, un château par rapport aux normes de Cambridge Bay. Un manoir du programme HAP du Nunavut. Comme c'était du jamais-vu ici, une maison pareille, je me suis mise à soupçonner que c'était un rêve. La maison s'approchait beaucoup trop vite, elle offrait un accueil serein. J'y suis entrée, j'ai regardé dedans. Le soleil éclatant assainissait le jour. Dans la cuisine, mon frère découpait du tuktu pour le faire sauter, sauf qu'il avait une énorme tête de corbeau. Il m'a regardée, il a croassé en langue corbeau, et moi, j'ai parfaitement compris. Il disait : « Hé, sœurette, regarde-moi ça ! HAHAHAHAA ! J'aime trop être un corbeau ! CROÂÂÂ ! »

On riait à se décrocher la tête et le bec quand j'ai entendu un bruit indescriptible à l'étage en dessous. On aurait dit une lueur.

J'ai suivi le son. L'escalier de pin était si long et si abrupt que la descente m'a pris un temps incalculable. Je suis arrivée devant une véranda lambrissée, percée de deux gigantesques fenêtres panoramiques. Le soleil brillait si fort que tout resplendissait dehors, dans le hurlement ténu du vent. Sur le rebord des fenêtres étincelaient des animaux de cristal miniatures alignés en rang. Corbeau. Tulugak. Caribou. Tuktu. Ours polaire. Nanuk. Lemming. Avingnak. Loup. Amarok. Des mouvements à peine perceptibles me faisaient signe de l'intérieur des figurines. Pourquoi m'appelaient-elles ? J'ai attribué le phénomène à l'éclat du soleil printanier et je n'y ai plus fait attention.

Les fenêtres occupaient deux murs entiers de la véranda, et c'est en remarquant cela que j'ai vraiment su que c'était un rêve, parce qu'une pièce comme celle-là coûterait une fortune à chauffer. J'admirais le paysage dans une immobilité totale quand une ombre minuscule est apparue dans le lointain. Elle avançait en biais et progressait lentement vers la maison. J'avais beau plisser les yeux, je n'arrivais pas à discerner cette forme, dont la démarche semblait changer tous les quelques mètres. Élancée, furtive, sinueuse. C'était un renard ! Il s'est approché et je me suis aperçue qu'il était très grand, de la taille d'un homme. Ma peur s'est écrasée devant sa virilité, devant sa grâce. Je distinguais chacun de ses poils d'un blanc parfait. Le vent lui tournait autour et il m'a parlé de ses yeux noirs : « Laisse-moi entrer. »

Le ton de sa voix mentale a creusé en moi une voûte d'entendement. Ce n'était pas la première fois que ce renard venait vers moi, et ce ne serait pas la dernière. Sa voix, c'était la lumière ; sa voix, c'était toute l'obscurité. Jamais je n'avais entendu une voix aussi grave, aussi veloutée. Ma chair s'en trouvait amollie, ma volonté aveuglée. Le monde s'est ouvert sous mes pieds, le véritable sens de la vie s'est fait jour à travers lui. Il m'a éclaboussée de vérité et du fardeau de nos corps. En un instant, j'ai vu le monde spirituel que tous, nous ignorons. À l'instar des ondes radio qui nous sont invisibles, il est partout. Nos corps pris au piège de nos masses sombres ne savent plus voir. J'ai assisté au parlement de la loi spirituelle et de la congrégation qui nous a plongés de force dans la chair. Lorsqu'ils ont pris la parole, j'ai vu une chaîne, une spirale de générations et une malédiction lancée voilà deux cents ans sur le clan du renard.

Renard était devenu très vorace et une année, il a mangé tous les lemmings, entraînant la mort de la reine des corbeaux qui a maudit Renard de son dernier souffle, assombrissant d'une tache d'encre éclatante le bien-être à venir de tous les renards. Depuis ce temps, le clan Renard n'était plus que l'ombre de lui-même.

J'ai ouvert la porte et il est entré en me frôlant à quatre pattes. Son odeur m'a fouettée, si âcre qu'elle me piquait presque le nez. En même temps, elle taillait en moi une piste d'urgence. Malgré mon agitation extrême, tout paraissait se dérouler au ralenti. Son fumet s'est insinué en moi, longeant mon œsophage, enrobant ma gorge de chaleur, et s'est pavé une avenue vers mon ventre. Mes os se sont comme relâchés. Je ne pouvais pas bouger.

Alors, vrillant son corps leste, il s'est assis comme un homme sur une chaise. Il avait un phallus énorme, orange et noir, parcouru de veines palpitantes. Je savais que je devais le prendre dans ma bouche. J'éprouvais un mélange de répugnance et de fourmillement incontrôlable dans mes lèvres, presque une démangeaison que son gland avait le pouvoir de soulager.

Je l'ai pris dans ma bouche et je me suis mise à le sucer. Lisse, délicieux, pas de place pour les mots. L'urgence qu'il avait accumulée dans son torse, ses jambes, tout jaillissait vers moi. C'était lui tout entier qui s'amassait comme un boulet. Il est devenu si dur dans ma bouche que c'était comme sucer une pierre, je n'aurais pas pu le faire bouger d'un millimètre. Il a explosé, mais j'ai su l'empêcher de se déverser dans ma gorge. J'ai aussi senti une libération en moi, puis du miel chaud couler entre mes jambes. J'ai baissé les yeux et, dans l'intervalle de mes genoux, j'ai vu une flaque d'or luisant. Son sperme était d'argent et ma gorge tout entière émettait une vive lumière jaune, si intense qu'on voyait dans mon crâne. Je savais que si je

l'avalais, ça changerait la ligne vitale de mon clan sur plusieurs générations, que nos gestes auraient des manières de renard et qu'on porterait aussi une partie de la malédiction.

Je suis allée jusqu'à la porte, je l'ai ouverte et j'ai laissé son sperme s'écouler de ma bouche. Ce n'était pas facile à faire tellement il avait bon goût. En touchant terre, il a fait fondre la neige et éclore des fleurs et des lichens géants à cinquante pieds à la ronde. Je suis revenue vers lui, tout l'intérieur de ma bouche et de ma gorge jouissait, tellement que j'avais peine à voir. Éblouie, aveuglée, je voulais vivre ce moment sublime à tout jamais. Jamais je ne me suis sentie aussi bien. Il m'a offert une figurine de renard pour que je la mette avec les autres et j'ai compris. Je l'avais lavé de la malédiction des Corbeaux.

Tellement agile, mon renard. Il s'est levé de sa chaise et, gracieusement, s'en est allé. Il ne s'est retourné qu'une seule fois et je me suis vue à travers ses yeux. J'étais sa salvatrice, couverte de lumière, comme en apesanteur, telle une méduse dans un aquarium géant. Sage, solitaire, parfaite. Personne d'autre, ni roi ni reine, ne pourrait venir se faire purifier par moi pour plusieurs siècles à venir, et chacun de mes petits porterait en lui un instinct. La sagesse. La guérison. La Purification.

T'en souviens-tu, la fois où le soleil
S'est assis de côté juste pour te plaire ?
Avec nos visages orange de soleil et nos ombres longues,
Le dos tourné au reste du monde, on s'est posées les jambes croisées
Pour les décroiser au plus vite et partir en courant
Sabrer nos sodas, dézipper nos âmes
Encapsuler le vent et
Se calmer l'impatience
On le savait pas qu'on passerait le restant de nos jours à courir
Autrement on aurait ralenti le pas
T'en souviens-tu, la fois où la rivière a inversé son cours
Juste pour te plaire ?
Les remous s'agrippaient à nos orteils, nous remontaient le long des jambes
Le soleil encore plus cinglant, ça nous a rappelé
Que ces remous-là voulaient nous avaler
Engourdies, exsangues

Les orteils crispés, on a
Couru tant et si loin que la rivière a oublié qu'on était là
T'en souviens-tu, la fois où le vent s'est retenu de respirer
Juste pour te plaire ?
Joues blanches gelées d'une main après l'autre
Couvrir la morsure
Le dos au vent comme un bouclier
Pas besoin de regarder
Juste la lune pour guider nos rires
Quand tu es tombée, quand tout s'est figé
Quand le monde a arrêté de tourner, j'ai compris :
Au centre de la terre il y avait tes yeux

Nouveau matin, menu fretin. C'est l'heure de retourner s'abrutir à l'école. Aujourd'hui au cours de bio, on parle d'éducation sexuelle. Rien de plus gênant. Comme si le clitoris n'était pas un mystère total pour les gars. La prof a des seins énormes, elle porte des chemisiers décolletés. Voilà toute l'éducation sexuelle qu'on reçoit : brandis tes gros nichons et tu cristalliseras l'attention. Les gars trouvent des prétextes pour lui demander de l'aide et je me replie sur l'échelon inférieur de la hiérarchie féminine.

Ni les blagues scabreuses ni la surcompensation ne parviennent à masquer ma planche à pain. On m'ignore. Au moins, je suis menstruée ; ça veut dire que ce n'est qu'une question de temps. Le beau gars rit de mon imitation de Pee-wee Herman, ce qui me vaut d'être fusillée du regard par la belle fille. Depuis quelque temps, il tourne ses regards vers moi plus souvent. Ça m'anime de fierté de remarquer qu'il me remarque. Je sais lui tirer des éclats de rire. C'est *vraiment* le meilleur remède.

Même contre l'humiliation. Il me tend sa cigarette à la récréation et je me prends pour Jessica Rabbit sur le chemin de la maison.

Notre famille mange du hachis au caribou haché pour souper. Pas de musique forte ni de visite intempestive aujourd'hui. Qu'une abondance de remerciements à offrir.

Soleil revient tranquillement. Déjeuner sous l'Astre du jour ! Rien de plus bienfaisant que le retour de Soleil. Soleil jette un œil par-dessus l'horizon et nous encourage à tenir bon. « Je viens vous sauver de vous-mêmes, promet Soleil. Je viens vous sauver de Lune, qui vous a soumis à son emprise et privés de votre instinct de survie. » Lune se sert de la violence du froid. Soleil gagne en puissance pour chasser le gel. Soleil prend des forces et toute la Terre se tourne vers elle, qui nous donne la vie et l'espoir. Nord est amoureux de Soleil. Amoureux de la Vie qu'elle exhale. Ouvre tes jambes, elle t'offrira une naissance. Ouvre la bouche, elle te versera des flots de lumière dans la gorge. La famine prendra fin. Elle s'empare de son tambour et se met à chanter.

La glace craquera
Le sang coulera
Poumon glacé
Soleil de givre

Mangeur de langue
Parle-moi ta langue
Tes langues déliées

Ma mère est une femme tranquille, stoïque. Elle est forte, ma mère. Elle a grandi sur la terre. Huttes en tourbe l'été, igloos l'hiver. Je ne peux qu'imaginer la puissance gigantesque du vent qui balayait la terre avant l'entrave du christianisme. Quelle logique peut-on maintenir quand on est à la merci de tels éléments ? La logique n'existe pas quand les molécules sont ralenties par le froid. Qu'est-ce qui gouverne la Force du froid ? Il m'arrive de sentir quelque chose chatouiller la base de mon coccyx : le Vieux Savoir. Ma mère est une enfant de la transition ; les déplacements ordonnés par le gouvernement, le passage au capitalisme et la perte de la Robe du Chamane ont donné une génération dominée par les Commandements chrétiens, la Foi aveugle et la Honte. La Honte, ils ont l'air d'aimer ça, les chrétiens : honte sur ton corps, sur ton âme, sur tes actions comme sur tes inactions. Enfonce-toi un bouchon dans tous tes orifices et étouffe-toi avec la lumière de Dieu. On n'a aucun pouvoir dans un univers qu'on comprend à peine. On se retrouve réellement désarmés. Appauvris par nos idéologies qui nous donnent une raison de détruire la Terre, et nous avec. Comment font les chrétiens pour avoir honte de la cérémonie d'accueil de l'âme dans la chair ? Comment font les chrétiens pour décréter que nous naissons dans le péché ?

La Terre nous aspire en elle-même
Tout comme la Terre est rappelée
À son origine
D'un souffle géant unique
L'univers nous a exhalés
Tous en même temps
Ainsi l'univers
Nous aspirera
Tous ensemble
À l'heure de notre mort
La Terre nous accueille dans
son ventre
Nous change en plantes en pétrole en vent
Nous pétrit de vie renouvelée

J'appelais mes parents pour dire que je dormais chez toi. Tu appelais tes parents pour dire que tu dormais chez moi.

Je ne sais pas comment on arrivait à faire entrer autant d'enfants dans la petite véranda du vieux poste de soins infirmiers. Comme on avait tous dit à nos parents qu'on était les uns chez les autres, on n'avait nulle part d'autre où se réfugier. Pas d'autre abri contre les vents hurlants. Toi et moi, on grelottait, agitées d'un rire nerveux dans nos jeans serrés, avec nos coiffures volumineuses laquées si méticuleusement pour former des fontaines jaillissantes. Elle fondait maintenant, la neige qui s'était déposée sur nos cheveux. Nos tours majestueuses, réduites à de flasques parodies d'elles-mêmes. Le mascara nous coulait sur le visage. Problèmes d'esthétique encourus par moins quarante.

La véranda mesurait environ dix pieds sur dix. On tenait à sept là-dedans. On a allumé tous les mégots qu'on avait ramassés par terre. J'avais un gros bouton de fièvre sur le menton. J'espérais le faire oublier en mettant une tonne de fard à paupières bleu chatoyant. Je ne crois pas que ça marchait très bien. Peu à peu, au fur et à mesure que notre chaleur corporelle tiédissait la petite pièce, on a cessé de voir notre respiration. Que faire dans ce petit espace ? Quelqu'un m'a touché le cul. J'ai chassé d'une claque sa petite main malpropre. Si on jouait à action ou vérité !

On s'est contentés de former un cercle et de se mettre d'accord sur l'action de celui ou celle dont c'était le tour. Ceux qui n'arrivaient pas à s'acquitter de la leur étaient bannis de l'abri. Le système s'est immédiatement enrayé quand une fille s'est mise à pleurer parce qu'elle devait embrasser le gars laid. De la merde. On a quitté l'abri et on est partis chacun de son côté.

Ton oncle était sorti faire la fête, donc on s'est retrouvées chez lui. Après avoir dévalisé le frigo, on a mis un film, je pense que c'était *The Dark Crystal*.

Un claquement étouffé nous a tirées de notre sommeil. Ton oncle, c'était un homme doux, délicat, bienveillant. Il sortait depuis quelque temps avec une femme très agressive. Je n'ai jamais compris comment il faisait pour supporter cette violence. À travers les murs, on a entendu une femme pleurer tout bas, ton oncle lui demander d'un ton calme : « Bon, t'es contente maintenant ? », puis un autre choc, humide et sourd. Les larmes, la morve, le sang. Bruits liquides. Elle, elle prenait tout ça. Sans lutter. Je savais reconnaître le bruit d'une engueulade. Ça, c'était plus tranquille, plus intime.

J'ai compris. Elle se haïssait tellement qu'elle passait son temps à l'engueuler, à le taper jusqu'à ce qu'elle obtienne ce qu'elle voulait, la preuve qu'elle méritait d'être battue. Leur amour l'un pour l'autre était indissociable de la haine qu'ils éprouvaient pour eux-mêmes. Les enfants voient parfois plus clairement que les adultes. Ils aimaient ce cycle de dégoût de soi et d'absolution, cette machine de violence parfaite qu'ils perpétuaient. « Tu dois bien aimer ça. » Clac. « C'est toi qui me fais faire ça. » Clac.

On se bouche les oreilles. On se rendort, on n'ose pas bouger de peur de leur révéler notre présence. Tu me pousses du coude, tu chuchotes : « Viens. » Le silence est retombé sur la maison. On sort de la chambre sur la pointe des pieds. Le soleil est levé. Mes yeux s'accommodent, je cherche mon blouson en jean. Je sens l'odeur du sang. Il y en a plusieurs flaques sur le plancher. Le chat a laissé des traces partout. Le salon est couvert d'empreintes de pattes rouges.

Je glisse un regard dans la chambre. Ils dorment côte à côte, dans les bras l'un de l'autre. Pardonnés. Meurtris. Sanglants.

On marche vers chez nous. Au panneau d'arrêt, nos chemins se séparent. On ne reparle plus jamais de cette nuit-là.

La compétition prend feu d'elle-même
Comme la fois où, l'éclat du soleil de minuit
aveuglant temporairement la lame du rasoir,
sans faire exprès j'ai entaillé
Ta peau bien trop profond
Qui pourra supporter la pire blessure ?
Sans céder au sang ni à la douleur ?
Indifférence dans la naissance comme dans le viol
La douleur ne dure pas toujours
Mais c'est le portail qui mène à l'autre monde
Alors on s'exerce à la souffrance
Quand il n'y a personne aux alentours
On la crée, on la pratique
Dans l'espoir d'établir notre endurance
Dans l'espoir de se distraire de la peur
Dans l'espoir de survivre
La survie est une compétition, elle aussi prend feu
d'elle-même
Comme la fois où il a fallu que tu t'en ailles
Chercher la boîte de sel pour en frotter
Sur toutes nos plaies

Cris, pleurs, rires
Pas un seul d'entre nous n'a eu la force
Pas un seul d'entre nous n'a pu conserver
Son impassibilité, sa résistance
Nous sommes des enfants
C'est d'attention qu'on a besoin, pas de lames de rasoir

1982

J'avais dix-sept ans. On m'avait renvoyée à la maison après ma tentative de suicide au pensionnat. Pas un mauvais endroit, Cambridge Bay, à tout prendre. Le couvre-feu, les devoirs, je trouvais ça contraignant, mais réconfortant après le chaos de l'école secondaire. Le vent soufflait en altitude et on claquait des dents. Mon amie et moi, on a envie de faire la fête et on s'habille pour, même si la température est descendue sous moins quarante. Dix-sept ans, l'âge de la liberté.

Elle a dit : « Il y a une fête chez ma tante. » On a pesé le pour et le contre. Sa tante, fallait pas la pousser à bout. Quand elle buvait, elle devenait malcommode. Elle s'arrogeait le rôle de police de la fête. Mais si on parvenait à lui piquer une ou deux bières pour commencer la chasse du bon pied, le buzz en vaudrait la chandelle.

On entre, l'odeur trop familière du clan, la musique country à tue-tête. La fumée de tabac sature mes vêtements dès l'impact. Cendriers éparpillés dans la pièce. Conflits tapis sous les sourires, attendant le moment de bondir, encore quelques verres. Sam rôde, taciturne.

Mes lunettes sont embrumées. Sans elles, je suis presque aveugle. Je devine sa présence avant de le sentir me toucher. Une main se glisse le long de ma jambe. Je la sens à peine parce que le froid a failli me glacer sous mon jean serré, cette main tremblante, osseuse, cette main familière. Je sais qui c'est avant même de le voir. Son contact, c'est comme un doigt osseux qui me pénètre et qui fusionne avec les os de ma colonne vertébrale. Pendant des années, cet homme m'a tripotée dans sa classe. Sous les tables, il glissait sa main dans ma culotte. Pour tâter mes parties intimes de petite fille. Après un certain temps, je m'y étais habituée, j'éprouvais même de l'envie quand il touchait d'autres enfants.

Je daigne lui sourire. Lui demander s'il veut sortir fumer avec moi. Je n'ai plus six ans. Je l'entraîne à l'extérieur. Il est plutôt bourré. Je le frappe de toutes mes forces avec un grand sourire. Il commence à perdre l'équilibre, je l'achève d'une poussée, il dégringole les marches de métal crantées, censées empêcher de glisser. Jubilante, j'assiste à son atterrissage au bas de l'escalier. Il ne s'est rien cassé, il a tellement bu qu'il est tout flasque.

Je crie à la cantonade : « Quelqu'un est tombé dans l'escalier ! » Mon amie enfile ses bottes et sort enquêter. Tout le monde s'entasse derrière la porte pour voir ce qui s'est passé. Il est inconscient, mais il respire. On le hisse en haut des marches et on le ramène dans la fête.

La tante de mon amie se met à hurler que quelqu'un doit l'avoir poussé. On se crie des bêtises chacune son tour, puis cette femme immense m'arrache presque au sol par le col de ma chemise avant qu'on arrive à s'enfuir, semant des larmes, des rires et de l'adrénaline dans la nuit. Libres.

Sedna, la Déesse de la Mer, était là avant le christianisme. À l'époque où notre Seigneur, c'était la terre, et nous, ses servantes. Sedna, qui avait perdu sa mère très jeune, approchait de la puberté sans le réconfort et les conseils qui ne peuvent venir que d'une mère. Elle vivait seule avec son père sur une petite île. Tourmentés par leur chagrin pendant des années, ils avaient fini par s'installer dans une existence heureuse. Mais ils s'ennuyaient d'une grande famille et Atata rêvait d'avoir des petits-enfants. Sedna était presque en Fleurs. Elle savait chasser aussi bien que coudre et partait souvent plusieurs jours de suite avec son attelage de chiens. Elle était douée, forte, intelligente et belle.

Quand Sedna fut parvenue à maturité, son père s'aventura en kayak pour lui trouver un mari digne d'elle. Il souhaitait montrer son respect pour sa femme depuis longtemps disparue en donnant son nom à une enfant. Comme une couture qui se poursuit, un prénom peut perpétuer les manières et le savoir du défunt. On peut aimer le mort à travers son homonyme.

Comme Sedna était convoitée pour ses qualités, son père ne tarda pas à revenir accompagné de nombreux prétendants. Farouche, elle les rejeta tous jusqu'au dernier, clamant qu'elle n'était pas prête pour le mariage. Malgré sa déception, son père se laissa fléchir. « Elle finira bien par vouloir se marier », se disait-il.

Mais il vit son plan contrecarré le jour où, en larmes, elle vint lui avouer qu'elle était enceinte. Envahi d'une colère aveugle, il lui demanda qui était le père. Semblait-il qu'un chamane capable de changer de forme, invoqué par la solitude et le désir de Sedna, s'était glissé dans son chien de tête. Chaque fois qu'il se transformait en être humain, ils passaient des semaines entières à chasser et à forniquer ensemble. Il reprenait sa forme canine lorsqu'ils rentraient à la maison. Elle confessa avoir consommé leur union même quand il avait la forme d'un chien.

Jugeant ce crime punissable de mort, son père la saisit par ses lourdes tresses et la lança dans son kayak. Puis il gagna le large en pagayant le plus vite possible et la jeta dans l'eau glaciale. « Atata, non ! » supplia-t-elle en s'accrochant au bord du kayak, manquant le faire chavirer.

Il dégaina son couteau de chasse et lui trancha les doigts, bien décidé à exécuter sa peine de mort.

Sedna sombra. En coagulant, le sang qui coulait de ses doigts se transforma en créatures océanes qui devinrent ses amies. Avec leur aide, elle put vivre et respirer sous l'eau. Elle devint la maîtresse de tous les animaux marins. L'amour qu'elle portait à ses compagnons ne faisait que croître, tout comme son mépris pour l'Humanité.

Sedna prenait plaisir à maintenir les créatures marines à l'écart des humains en les glissant dans sa chevelure, maintenant longue de plusieurs kilomètres. Ça l'amusait de voir les êtres humains crever de faim. La seule manière de l'apaiser était d'envoyer un chamane au fond de la mer pour lui chanter des berceuses en lui démêlant les cheveux, dans l'espoir qu'elle accepterait de remédier à la famine en libérant quelques-unes de ses créatures pour les offrir en pâture aux humains.

Attends. Il faut que je parle à Sedna, que je lui dise de garder ses trésors. Les humains se sont damnés, ça n'a rien à voir avec Satan et tout avec l'appât du gain. Que fera Sedna quand elle entendra les canons de la prospection sismique ?

À chaque jour suffit sa peine. Même que j'ai un boulot maintenant : employée de rayon au Northern Store. Le cliquetis des caisses et du pistolet à étiqueter me fait penser à une colonie d'insectes qui construirait à toute allure un Caribou de Troie pour me faire sortir du magasin sans que ça paraisse. Je sens l'odeur de mille mains, j'envoie mille soupirs dans les boîtes vides qu'on jette aux ordures. J'essuie des empreintes digitales poussiéreuses sur des poulets entiers en boîtes de conserve périmées. Il ne reste plus de Klik. On ramène les légumes défraîchis vers l'avant pour que les gens pressés les attrapent en premier. On écoute les couples se disputer sur ce qu'ils vont manger pour dîner. On entend les parents dire non et les parents dire oui à leurs enfants. On fume dans l'arrière-boutique, on engloutit des litres de café filtre. Le tablier me glisse tout le temps de la taille.

Samedi, un œil au beurre noir. Ou six. Peut-être qu'elle l'a mérité. On regarde ailleurs si le voleur à l'étalage est trop maigre. Tout le monde s'embrasse. Vœux sincères. Secrets chuchotés. Les murs, c'est nous. En parcourant les allées, on fait l'inventaire de la communauté.

On se réunit. Pendant les pauses, le boucher et moi on se pelote dans la chambre froide. Mes seins poussent et j'en suis fière. La ville est toute petite mais chaleureuse. Tout le monde se connaît. La Vie et la Mort marchent ensemble. On trouve un corps gelé près du cap Cockburn. Quelqu'un s'est suicidé. Quelqu'une est enceinte. Joyeux Noël. Joyeuse Halloween. Remplir les saisons observer les décès. Voir les nouveaux bébés. Déballer du lait maternisé. Il faut garder la vanille et le Listerine derrière la caisse parce que les jeunes les achètent pour les boire. Je pique une revue *Playboy,* je me sens dévalorisée, je finis par en faire offrande au Plus Beau Mec. Je ne ferme pas l'œil de la nuit, je pense au boucher et à son os à moelle.

Sur le chemin de l'école, un mardi, un renard me dévisage. Caché sous l'escalier de l'hôtel du village. Nous sommes seuls dans l'Obscurité du Matin. Il soutient trop longtemps mon regard. Effronté, intrépide. La neige, celle qui est sèche, cristalline, comme des petits diamants omniprésents que le vent balaie sans effort. Pas la croûte durcie qui craque, plutôt la sorte qui absorbe le son au lieu d'en produire. Des vortex de flocons me tourbillonnent autour des jambes. Que se passerait-il si j'obéissais aux signaux des yeux de Renard ?

Je fais un pas vers lui. Après avoir recueilli toute ma Paix en petite balle dans ma poitrine, je la lui lance. Ses épaules se détendent et il sort de sous l'escalier. J'ai le bas du dos et le bout des doigts bizarres, palpitants, c'est inconfortable. Je fourmille de partout. De la marmaille crie pas bien loin et Renard s'effarouche. Merde. La prochaine fois, je verrai bien ce qu'il veut. Curieuse comme une renarde.

Le regard mûri d'amour
Je te montre mes dents
Par ma bouche entrouverte
Croc avide
Croc humide
Croc timide
Gorgé de vastes proies
Je te montre mes crocs
Par ma bouche aux trois quarts ouverte
Molaires égarées dans mes lamentations
Langue lisse
Croc fendu
Croc géant
Assommée par des poings perdus
Je te montre mes dents
Ramassées par terre
Dent pointue
Dent grondante
Dent brisée

Blanc dehors, c'est la tempête. D'épais flocons de neige s'accouplent avec la bise mordante. Les paillettes s'amenuisent et révèlent sept faux soleils sur l'horizon. La lumière est si vive. C'est le Soleil nouveau. Les flocons enflent encore une fois, emportant les visions. La neige se met à osciller entre fines paillettes et épais flocons, et ce rythme quasi respiratoire sème le chaos. Je suis témoin. Je suis nue, mais je n'ai pas froid. Nous avons pris forme de chair d'âme. En marche vers le soleil, nous errons sur la terre et, pour me nourrir, je découpe un bout de chair sur mes os. C'est la seule viande que je trouve et mon âme crie famine. Ça ne fait pas mal. J'ai faim, faim de justice, faim de vérité. Ma chair repousse toujours, mais je n'aime pas les cicatrices. Elles sont trop dures à mâcher, alors j'entame constamment de nouvelles zones de chair fraîche. On atteint l'os sur mes deux mollets. J'ai une colonne vertébrale élastique. Je suis grise, engourdie, affamée. Il fait de plus en plus froid. Je ne sens rien.

La bise m'emporte, je ne touche plus à terre, elle me repose au ras du rivage. Elle veut m'aider à remplir mon ventre. Quelle chance énorme que Bise soit de bonne humeur, elle qui peut tuer par caprice. Inexplicablement, la mer est libre. On ne voit jamais d'eau libre à cette période de l'année. Je dois me nourrir. On trouve sur la rive des œufs de sterne arctique qu'on suce goulûment ; au fond de moi germe un nouvel espoir. Un or liquide, tellement chaud, circule dans ma gorge et resplendit comme un soleil.

Le soleil parle à mon gosier en signe de reconnaissance. Je prends des forces. Je pousse, ma colonne se redresse, l'or se répand. Mes bras se changent en tentacules, je fouette l'eau et j'extrais les œufs du ventre des ombles arctiques avec une précision alarmante. L'or m'inonde jusqu'aux yeux, jusqu'au bout des doigts. Mes vertèbres s'encliquettent comme des pièces de Lego et on s'allonge de trois mètres. Je suis meurtrière. J'ai une faim de louve. Les œufs de poisson me chatouillent le gosier, ils font plisser mes yeux et sautiller mes oreilles. De l'or, encore de l'or. L'horizon présente un orage. Gris noir bleu se précipitent vers nous. Le soleil prend peur, il lance des étoiles dans le ciel pour distraire l'orage. L'électricité absorbe les étoiles, ses forces se décuplent. Le soleil s'avoue vaincu et replonge dans l'océan, ses imitateurs sur les talons. Je dois partir. Le seul radeau qui s'offre à moi est une grande plaque de glace. Le vent change et m'emporte vers le large.

Je vogue à la dérive, bien en chair, brûlée par le vent. Ensuite vient la peur. La glace commence à se briser. L'océan s'en repaît, la lèche et croque dedans. Elle se fend de larges crevasses et l'eau m'appelle par mon nom. Je vais mourir dans la mer glacée. Les êtres humains ne peuvent pas survivre dans l'eau glaciale, même sous forme spirituelle (la plupart du temps). La glace se rompt en petits morceaux et je sombre dans l'eau si froide qu'elle me brûle. Je nage sur place, je sens la vie quitter mon corps, j'accepte.

Je succombe. Les morceaux de glace, dont le nombre a quadruplé, sont devenus si petits que je ne peux plus les attraper. Ils se métamorphosent en ours polaires miniatures, ils sont des douzaines à me longer sur le flanc tout en poussant des vagissements dans une langue indécryptable, mais je vois bien qu'ils s'efforcent de me réconforter. Un des ours grandit, il nage à mon côté ; pour moi, sa sphère de réalité réchauffe l'océan. Il m'a fait don de sa corporalité. La mer est comme un bain chaud.

Montée sur son dos, je le chevauche. Mes cuisses l'étreignent, parcourues d'un fourmillement de lumière. Nous sommes amants. Nous

nous marions. Il nage avec une force ahurissante, on voyage vite. Il veille sur moi qui m'enivre de sa dignité. Les ours miniatures rapetissent et finissent engloutis par des crevettes boursouflées. Après l'offrande de nourriture, l'océan se réchauffe de toute cette vie. Ma peau fond là où elle entre en contact avec mon amant. La mer et notre amour nous fusionnent, l'ours polaire et moi. Il est moi, sa peau est ma peau. Notre chair ne fait qu'une. Son visage, c'est ma vulve affamée. Une fourrure blanche pousse sur mes jambes, puis me recouvre toute. Je sens chaque poil se former à l'intérieur de moi et percer ma peau d'ourse coriace. Mon corps tout entier l'absorbe, nous formons un être neuf. Je suis invincible. Mère ourse, fille lièvre, dévoreuse de phoques. Bien-aimée de l'ours, amante humaine, envoûteuse de glace. Je vivrai une autre année.

Comme un goût d'écho
Quand je t'ai vu nimbé de la lune arctique
Ta tête auréolée de faux soleils
La lune tranchait
Les ténèbres amères
On buvait l'air à petites gorgées
Trop froid pour l'avaler d'un trait
L'alcool nous a servi d'excuse
Pour voler une motoneige
Et s'échapper de la vie
Vers la cabane à l'écart
Le temps de tracer les courbes de nos corps
De partager la chair
Notre équipée si libre
Jusqu'à la panne d'essence
Tu as refait en courant tout le chemin
Jusqu'au village
Moi, je comptais mes expirations
Avec le froid qui cognait à mes poumons
Qui me giflait les joues
Lune est sortie du sommeil

Sa lumière surpassait celle du soleil
Elle m'a dit d'avoir ton enfant
C'est elle qui me l'a dit
Alors tu as surgi de vingt-quatre heures de nuit
Le bidon d'essence sanglé sur ta tête
À la manière inuite
Et moi, noyée dans le calme
Je suis morte de désir

Cours de sciences. Le gros gars assis à côté de moi porte un pantalon de sport jaune moulant, relevé trop haut sur sa taille. Je vois ses couilles et sa queue. Ça me met mal à l'aise, mais ça m'emplit aussi d'une jubilation étrange. Il a les cheveux très gras, ça fait un bon moment qu'il ne s'est pas douché. Je dessine un portrait de lui que j'envoie à ma meilleure amie de l'autre côté de la salle par avion de papier. Mon amie et moi, on nous sépare dans chaque classe parce qu'on est incapables de garder le silence et notre sérieux. Elle alimente ma machine à rébellion comme un monstre à batteries.

Je m'en veux un peu de me moquer de Pantalon jaune mais, apparemment, si on veut conserver le moindre standing dans ce palais des horreurs hiérarchique, il faut s'approcher des Alphas en chiant sur les Bêtas. Alpha est jolie et méchante ; elle régente notre milieu social avec une main de fer. Toutes les filles s'agglutinent autour d'elle dans l'espoir de gagner sa faveur, de ne pas lui déplaire, d'éviter qu'elle lance le reste de la meute à leurs trousses.

Moi, je rôde furtivement dans sa périphérie et je m'efforce de trouver le juste équilibre, suffisamment cool pour ne pas me faire botter le cul, assez insignifiante pour passer inaperçue. Ça marche la plupart du temps. Les gars aussi convoitent son attention. Elle sort avec le plus beau gars, le plus mignon. Celui qui est agile, intelligent, belliqueux, arrogant. Celui qui est brun et qui fait rêver. En général, je n'arrive même pas à le regarder, mais aujourd'hui il est venu nous trouver, Pantalon jaune et moi, et il nous a demandé si on voulait l'accompagner chez son ami après l'école. J'ai dit oui en rougissant. Alpha se moque de moi. Pantalon jaune me fusille du regard. Il veut le Plus Beau Mec pour lui tout seul.

Après la cloche, on le suit dans la rue. Il fait tempête, la visibilité est faible. On arrive devant une baraque délabrée, pas plus grande qu'une boîte d'allumettes. Il recommence déjà à faire noir. C'est la Nuit parascolaire. Les gonds rouillés se plaignent quand on ouvre la porte. Il y a des trous percés dans les panneaux de contreplaqué. Les murs ont toutes sortes de formes. Si on faisait des trous dedans ? Quelques-unes des portes sont arrachées de leurs pentures. Les meubles sont usés jusqu'à la corde, les étagères presque vides de nourriture. Nous sommes venus à trois, plus les deux gars qui vivent ici. Qui sont leurs parents, je n'en ai pas la moindre idée. Les gars mangent des biscuits de mer avec du lard ; je devine que c'est leur souper. « Estime-toi toujours heureuse de tout ce que tu as », disait ma mère. La disette n'était pas rare dans le passé, dans notre histoire. La famine peut s'installer dans les os et, comme la couleur des cheveux, se transmettre aux générations futures. Il y a beaucoup de manières d'être vide. Si on bouchait les trous, si on frappait dans tous les murs ? On ramasse des sacs en plastique, puis on va dans la pièce du fond.

D'un côté, des lits superposés au cadre en métal rouillé, et sur le plancher, un matelas simple en mousse. Pas de draps pour masquer ses taches, rien qu'une couverture élimée qui s'accroche à un coin. En guise de rideaux, des sacs poubelle épinglés aux fenêtres et, pour verrouiller la porte, on coince un couteau à beurre dans le cadre en bois. On bourre de vieux bas l'ouverture où s'encastrait la poignée. On a du diluant, de l'essence, du vernis à ongles, de la colle caoutchouc et du Tipp-Ex. C'est une fête « apportez votre solvant » et je veux voir briller toutes les couleurs. On se partage les sacs, chacun son tour, pas grave si on bave dedans. Mon préféré, c'est celui de la colle caoutchouc, ça me fait de la peine de devoir m'en séparer. Et puis je me fous de savoir lequel je tiens, il n'y a plus que le vertige. Que des fragments de visages et des sons passés au crible d'un trou noir. Des éclats de couleurs vives et changeantes qui dansent au rythme de mon souffle. Dans un instant de spontanéité, je vais rejoindre le Plus Beau Mec et je l'embrasse. Il me rend mon baiser. Sa chair se transmute en chaleur pure et ses dents poussent vers les miennes tant et si bien que ça fait mal alors on arrête. On saigne de la bouche. On se met à rire si fort qu'on en pleure. Il me raccompagne jusque chez moi. Poumon glacé, joue empourprée, solvants bandés.

LA FOIS OÙ

Tes jambes grêles et tes dents de lièvre
Ne laissaient pas deviner ton audace corrosive
Même les Grandes avaient peur de toi,
elles restaient loin
de tes ruades abruptes et tes volées de bois vert
Je te regardais enfiler deux pantalons
pour camoufler tes jambes maigres comme des cure-dents
pendant que tu me disais que tu me botterais la chatte
si jamais je te niquais
Tu m'as raconté que ta mère te disait
bats-toi pour te défendre
quoi qu'il arrive
Toi qui ne nous arrivais qu'au menton
tu t'es battue pour moi aussi
La fois où

ce Minuit d'été là, je voulais être brave
comme toi
Alors on a volé le quad de mes parents
on a ouvert le réservoir d'essence et on a inspiré
L'effervescence
L'iridescence
La vitesse
On a foncé dans l'église
après s'être enivrées de vent
Tu gisais immobile et j'ai découvert ce que prier
veut dire
implorer que tu respires à nouveau
La fois où
on avait perdu notre hasch dans le tapis en bœuf
musqué
on a tellement ri que nos larmes coulaient
On mordait dans des écorces d'orange juste pour
se pâmer d'agrume
La fois où
On partageait nos hommes sans jalousie
et notre amour, on le partageait en cachette
Et puis le temps est venu où c'est moi qui t'ai
défendue
la nuit où il te voulait mais
toi, tu ne voulais pas de lui
Je l'ai poussé dans l'escalier
et puis, enfin, je me suis sentie assez forte pour toi
La fois où on a fait l'amour

après ta poussée de croissance en beauté
Notre été secret
Je suis allée te voir une fois devenue adulte
t'étais partie vivre dans le Sud
Là où les arbres
respirent l'eau salée
Et j'ai vu tes enfants respirer
eux aussi l'eau salée
L'Océan danser dans leurs yeux
et non la Glace
Et puis sans explication tu es morte
Ma belle aux dents de lièvre
Tu as trouvé la paix j'espère

On n'est encore que le matin et déjà, c'est un Mauvais Jour. Alpha a su qu'on s'était embrassés. Je vais manger une volée après l'école, c'est sûr. Ça ne sert à rien de me morfondre. L'haleine du prof de sport sent littéralement la merde, c'est aujourd'hui qu'il a choisi pour me faire le discours d'encouragement le plus inspirant, le plus intime, et moi, je me recroqueville dans un coin. Comment fait-il pour ignorer qu'il chie du visage ? Pour ne pas le sentir ? J'ai demandé la permission de rester assise pendant le cours, mais lui, il radote sans arrêt qu'il ne faut jamais lâcher. Je suis trop gênée pour lui dire que je suis menstruée. Sa devise : « Ténacité morale est mère d'endurance technique ». On joue au volleyball au cours de sport. On perd parce que je suis nulle. Rougir de honte, violemment, d'avoir laissé tomber toute mon équipe parce que j'ai trop peur de briller dans Quelque Chose ne fait qu'attiser mon insécurité.

Fine stratège, je fais exprès de chahuter en

classe dans l'espoir de récolter une punition. C'est lâche, mais ça marche presque toujours parce qu'Alpha ne va pas attendre une demi-heure que ma retenue s'achève pour me botter le cul. Je n'ai jamais eu honte d'être lâche. Je préfère appeler ça de l'hyperprudence. La cloche sonne. Après avoir écrit cent fois *Je ne chatouillerai plus le professeur,* je m'arrête dans le couloir pour échanger des platitudes avec le concierge, histoire de rester encore un peu dans le giron de l'école. Je sors par la porte arrière et je me faufile sous la bâtisse. Le recours à cette stratégie d'évasion vétuste est rendu possible par de larges déchirures dans le treillis métallique. J'entends des pas s'approcher, arriver au coin de la rue. C'est le moment de ne pas faire un bruit. Si Ananaa avait pris du tissu blanc pour recouvrir mon parka, je pourrais me camoufler dans la neige. Je rêve d'employer la remarquable tactique de la faune arctique qui mue et change de couleur au fil des saisons. Le camouflage, c'est la survie. Blanche-Neige et caramel brun.

Pendant que j'attends d'être certaine que les pas s'éloignent, je détecte un mouvement et je m'aperçois que je ne suis pas seule là-dessous. C'est Renard. Il me dévisage comme l'autre fois. Je dois choisir qui m'effraie le plus, la rage ou Alpha et compagnie. Alpha remporte l'épreuve de la Peur et Renard s'approche lentement de moi avec des ondulations vers la gauche, puis la droite. Il s'immobilise, à l'affût, avant de me tourner autour. Puis Renard finit par se sentir à l'aise ; il n'est plus qu'à quelques centimètres de moi, face à face. Il a une bien meilleure odeur que le prof d'éducation physique. Plus il me regarde, plus la chaleur augmente dans mon ventre.

Renard est plus beau à voir que n'importe quel être humain. Je sens son esprit. Pur, fort, voué à la survie, libre du fardeau de tous les mensonges auxquels l'humanité, inconsciemment, souscrit. Clarté. Dignité. Tout ce qu'on a perdu, nous les humains, brille en transparence dans les yeux de ceux qui vivent sur la Terre. Une fois de plus, j'ai des fourmis plein le visage. Je le sens s'allonger. Je te vois, Renard, enfant carnassier. Toi qui es plus grand que moi, toi qui connaîtras une vie et une mort meilleures, tu pénètres mon corps et tu transformes ma chair avec tes yeux. Tu me fais signe. Tu veux que je Devienne avec toi.

Non. Pas tout de suite. J'ai peur. J'assemble mon Mur et je le dresse entre lui et moi. Renard déguerpit vers une autre brèche dans le treillis. Je pars sur les traces de mon nouvel ami. Il saura me guider en lieu sûr. Renard se glisse le premier par le trou, puis il m'abandonne. L'ouverture déchiquetée est beaucoup plus petite que celle par où je suis passée pour me faufiler sous l'école. Je suis à moitié sortie quand la doublure extérieure de mon atigi se déchire. Ma mère va me tuer. J'essaie d'écarter le treillis pour agrandir l'orifice, mais je n'y arrive pas parce que mes doigts sont empêtrés dans mes mitaines. Je les enlève pour détacher mon atigi du métal et, pendant une seconde, mes doigts restent collés dessus à cause de leur moiteur nerveuse.

Le froid ne tolère aucune forme de liquide. Je renonce à ma peau. Ce ne sont que des cellules sur du métal. En gelant, la moindre surface humide et chaude y adhère instantanément. Les enfants l'apprennent souvent à leurs dépens, encore petits, en général quand un de leurs amis les met au défi d'appuyer leur langue contre la glissade ou la structure des balançoires. Le pire exemple que j'aie jamais vu, c'était un bout de chou dont la langue était restée collée sur la rampe d'un tourniquet que les autres enfants ont continué à faire tourner, tourner jusqu'à ce qu'il renvoie. La chaleur de sa vomissure avait libéré sa langue et il était rentré chez lui en sanglotant. Pauvre petit gars. J'ai presque réussi à me dégager du treillis. Oui, voilà ! Enfin capable de me redresser, j'évalue les dommages subis par mon atigi. Un trou gros comme un poing, pas trop mal. Alpha et ses amies tournent le coin de la rue à peine une seconde après que le vent m'a apporté le craquement sec de leurs pas en guise d'avertissement. Cette sorte de neige ne vaut rien comme système d'alarme. Le vent soufflait dans la mauvaise direction, il n'a pas pu transmettre le Son. Fuck.

Je prends mes jambes à mon cou. Tête échevelée, pieds plombés, poumon de givre. Des fois, elles ne courent pas assez vite pour me rattraper. Elles n'arrivent pas souvent à me suivre, moi qui cours encore plus vite que les garçons. Aujourd'hui, j'ai mis mes grosses bottes Sorel plutôt que mes kamiit et ça me ralentit. Une des copines d'Alpha me jette un caillou en plein dans la nuque. Je m'effondre.

Quand j'arrive à la maison, je saigne du nez et j'ai les cheveux enduits de mucus gelé. La bave, ça gèle si vite ; c'est une bonne punition d'en imbiber les cheveux. La douche chaude me fait tellement de bien. L'eau qui s'écoule emporte tous les indices. Je n'en dirai rien à mes parents. Les adultes laissent les enfants régler tout seuls leurs problèmes interpersonnels. Ma mésaventure se dissout dans l'eau qui ruisselle. Ça ne sert à rien de rester accrochée à ces choses-là. En fin de compte, à l'échelle de l'univers, ça reste un incident mineur. Ce n'est pas le traumatisme qui nous choisit ; c'est à nous de choisir si on va se laisser traumatiser ou non, pas vrai ?

Le sommeil me déserte parce que *Born to Be Alive* résonne dans le salon. Mes orteils touchent terre et à cause de l'épais sommeil où nageait mon corps, le tapis semble ultrarugueux sous la plante de mes pieds. Foutus ivrognes. La dépendance, ça peut être tout ce qui te fait du bien sur le coup, mais qui finit par te mettre dans un état encore pire, une flétrissure de la psyché qui se manifeste physiquement. Toutes nos faiblesses s'unissent pour devenir nos adversaires les plus redoutables. Elles apportent de l'eau au moulin de l'insécurité, de la haine de soi, et nous, pauvres martyrs, on s'apitoie sur notre sort.

Ventre d'alcool,
Âme excisée,
Dénuée de morale,
Hors de contrôle

J'ai hâte au matin, quand tout le monde redeviendra quelqu'un que j'aime. Un coup d'œil au salon suffit à me révéler dix personnes qui font tout ce qu'elles peuvent pour éloigner leurs Protecteurs. On dirait que c'est toujours ça, le but du jeu. Se saouler assez pour se dépouiller de l'écorce de notre être, sauf que ça laisse entrer tout ce qu'on ne veut pas être. Dans la pièce, au ras du plafond, rôdent des esprits maléfiques qui n'attendent que ça, investir les corps enivrés. Rancunes et Frustrations bavent d'envie de retrouver forme humaine, de violer, de tuer, de forniquer ; Esprits décrépits sabotent et complotent le prochain brasse-camarade. De la merde. Je m'habille et je sors sans me faire remarquer. Quand on a le corps net, on a le contrôle. Quand on a le corps net, on choisit qui on veut laisser entrer. L'amour est partout.

Fais attention à mon cœur de lapine, je t'en prie. Je te prie de bien naviguer dans mes parages. Car j'en sais trop. Je sais voir dans le noir qui est mon frère, mon créateur. Je sais boire la clarté car c'est ma seule chance de survie. Je sais fermer mon cœur mais ça conduit au mal, alors je l'exprime, alors je me délecte de la nuance des courants sanguins et des sacrés démons. J'ai peur et je tremble et mes yeux dardent leurs rayons, combattre ou fuir aimer ou mourir. La foudre vient d'en bas cette fois, elle éclate de ma gorge et s'en prend au monde entier. Tout le monde voit ma lapine, je l'ai dressée à chasser. Dans sa gloire parfaite, elle est timide extravertie, chaste pervertie, ma douce mort imminente, plus vive que jamais. Prends-la. Prends-moi maintenant que je suis ouverte et mûre, barbouille mes lèvres d'airelles, mes cheveux de graisse d'ours. Tatoue-moi de ton aiguille, empale-moi sur ta chaleur. Guéris-moi, baise-moi, pétris Cœur si fort qu'elle battra son plein sans peur. Flancs dénudés, dents aiguisées, yeux écarquillés, éveillés. Fais vite. Je veux me sentir en sécurité.

Le ciel est occupé par une Aurore boréale. Il ne fait pas trop froid dehors. Soleil brille plusieurs heures par jour en ce moment, bientôt elle éclipsera complètement les Aurores. Je sors marcher sur la banquise et quand la ville n'est plus qu'un petit globe lumineux à l'horizon, je m'étends. Terre plate et glace lisse effacent les limites du Ciel. On dit que le temps est relatif. C'est vrai. Les Humains n'ont rien compris au temps. Le temps ne se hâte jamais. Le temps n'écoute pas les horloges. Le temps obéit aux lois de la physique, tout comme la matière, mais peut aussi la contrôler. Le temps est Matière. Le temps est vivant. Le temps est conscient. Le temps a un poids. Le temps s'accouple avec la gravité pour nous ramener sur terre. On ne voyage pas dans le temps, c'est lui qui passe à travers nous et nous mène devant lui. Le temps nous dirige à la baguette ; il nous envoie au tombeau. Endormi près de mon corps allongé sur la surface gelée, le temps aide mon cœur à battre moins vite et ma température à baisser.

La Paix me pénètre. À l'instant où le Corps entre en dormance, l'Âme s'éveille. Le Corps est tellement brut, visqueux, mal dégrossi. L'Âme a appris à hiberner dans son cachot de morve et de tendons. Notre viande distrait l'Âme et la tient occupée. Notre électricité prend l'Âme dans ses filets, et notre chair, dans son piège. On a beau passer notre vie à tenter de contempler et de canaliser la divinité de notre Âme, on chemine à pas hésitants sans jamais se déraidir suffisamment pour laisser la Communication s'établir.

Le crâne est notre prison. Notre chair cache des secrets. Nos cellules naissent et meurent, poussées par la force qui forme les galaxies et les défait. Contexte. Perspective. Échelle. Notre galaxie est un proton. Nous sommes la totalité. Nous sommes tout et rien. Tout le monde a l'impression désagréable de rater quelque chose en ce monde, mais moi, j'ai la clé.

La glace commence à drainer la chaleur du Corps. Tandis qu'il se relâche et que se tait le Mental, l'Âme s'éveille, se love dans ma poitrine et génère une force puisée à l'énergie éolienne et aux courants marins. Poussant sur l'Âme pour descendre, je me sers d'Intention et de Volonté pour me séparer du Corps et l'abandonner. Le Corps refuse de laisser partir l'Âme, car en temps normal ça signifie la mort. Ce n'est qu'au bout de longues cajoleries, persuasions et contractions que l'Âme obtient du Corps la permission de le quitter. Après avoir tendrement assuré chaque cellule du retour de l'Âme, je cherche à tâtons une brèche dans la glace, puis, ayant trouvé la plus fine des fissures, je m'enfonce dans l'eau de l'Arctique. Je ne trouve pas l'eau froide, on dirait plutôt du sirop ; sa viscosité a changé parce que l'Âme n'évolue pas dedans de la même manière que le Corps. J'aimerais partir à la recherche de Sedna, mais le courant est fort et si l'Âme se perd, le Corps succombera au gel.

J'entends toutes les algues ; elles sont ravies de me voir. La Danse virevoltante des microbes célèbre les tours et détours de la Vie. Les petites crevettes, les minuscules organismes me chantent la bienvenue et rendent grâce. La vie éclate allègrement et la mort est un doux soupir. Ce n'est pas tant de vivre et de mourir qu'il s'agit, mais de s'allumer puis de s'éteindre. Pas de lumière sans nuit, et la mort, c'est la vie. Après s'être amarrée au Corps d'une attache tendineuse, l'Âme se laisse couler vers le lit de l'océan. Au fond de la mer, c'est la grande représentation du stade de la Vie et je m'étire lentement pour étreindre et aimer le plus grand nombre de créatures possible. L'Âme s'abreuve à la vie. C'est ça, le secret.

L'Âme est déjà divine. Il faut ressentir cette Divinité avec une dévotion résolue et alors l'Âme prend des forces, se purifie et retourne à la réalité après la Mort. Ce qui existait avant la naissance et reprend après la mort est bien plus réel que la brève étincelle de la vie. Notre existence ne consiste qu'à porter notre fardeau physique, à propulser de l'énergie. On endosse nos costumes de chair comme on entre à l'école, comme on relève un défi. Tout le monde sait que c'est à titre temporaire.

L'océan m'appelle par mon nom et je me rends compte que le Corps est en train de s'épuiser. Même avec l'énergie du désespoir, je peine à remonter jusqu'à la surface. C'est très lent et laborieux. Pendant un instant de terreur, je reste captive sous la glace. La petite fissure me laisse sortir et je réintègre ma froide, mon obscure enveloppe. Bouche glacée, vertèbre craquée, rate psalmodiée. Ce n'est qu'au prix d'un effort monumental que je remue les orteils et que j'ouvre les yeux au terme de cette Exploration.

L'Aurore boréale s'est posée sur moi pendant mon aventure spirituelle. Omnipotente et fantastique, elle a répondu à l'appel de l'Exploration. Elle avait remarqué une activité. Plus limpide, plus resplendissante que je n'en ai jamais aperçu, elle est descendue en trombe faire l'étalage grandiose de sa puissance. À peine quelques mètres au-dessus de moi, j'entends sa voix de baleine antédiluvienne et ses craquements de glace.

L'impulsion de sa vibration me desserre la moelle. Ce n'est pas le moment d'avoir Peur, car bien que la Peur me mordille déjà un côté du Corps, elle n'est pas encore parvenue à mon cœur. Altière, sublime, l'Aurore s'approche encore. Mes paupières gelées ne se ferment plus, mais le Corps se réchauffe. Je ne peux pas bouger. Émergée du Temps, la Lueur prend un aspect physique. La lumière revêt des formes de visages et de créatures qui se solidifient peu à peu en aspérités violentes. Cette énergie n'a pas la bienveillance des hôtes de la mer ; j'ai affaire aux Maîtres de la Loi et de la Nature. Triomphant du Temps, la Peur atteint mon cœur : elle me rend impuissante et il bat de plus en plus vite.

L'éclat de l'Aurore est trop vif. Elle m'aveugle. Elle darde ses longs aiguillons qui s'attachent à la surface de mes yeux. Leur brûlure est pire que tout ce que j'ai connu jusqu'ici. À la manière du froid qui pétrifie l'humidité, on dirait que la lumière cautérise mes fluides.

Le feu se propage, descend le long de mon visage et de mes joues, m'enflamme les narines. Il remonte dans mon nez, envahit les cavités de mes sinus et m'arrache un grognement. Mes oreilles se bouchent et s'emplissent. L'arrière de mes orbites fond de douleur et d'euphorie au moment où un gros éclat de lumière s'enfonce dans ma gorge.

Je suffoque un instant, mais la panique s'évapore dès que ma gorge se rouvre, entaillée à la verticale sans être détruite. Cette torture me guérit.

L'incision se poursuit le long de mon ventre, m'éclaire le foie, fouille ma vésicule. Une impossible colonne de lumière verte m'empale simultanément le vagin et l'anus. Mon clitoris explose, je me fends en deux de la tête aux pieds, la lumière de ma gorge se mêle à celle de mon ventre et décrit dans mon Corps un gigantesque huit liquide.

Soulevée du sol, j'observe que c'est ainsi que prend fin la Vie. Personne ne peut survivre à ça. En ce moment, je pourrais me perdre dans l'extase pour toujours. M'unir avec la lumière. Poumon allumé. Âme illuminée. Ouvertures dilatées.

Douleur. Je suis nue, transie. Je me lève et ma peau arrachée à la glace se déchire presque. Mes vêtements gisent éparpillés autour de moi. Je tremble violemment. Je m'habille et je rentre en titubant, saignant de tous mes orifices. Mes parents sont au travail. J'ai été partie pendant douze heures. L'eau chaude de la douche me calme et emporte mes tremblements. Je ne pourrai jamais parler de ça à qui que ce soit. Personne ne me croirait. Je m'essuie la vulve. Sur le kleenex se dépose une luminosité verte qui se tortille comme une larve.

ÉGARÉE

J'ai le ventre imprégné de chagrin
Concevoir, le passé et moi
Vomir
Enfanter la peine
Intangible monnaie
Couteaux de cuisine égarés
Mon honneur lacéré porte
Un étendard couvert de couleurs vives
Les falaises à pic veulent que
Je fasse comme si j'avais des plumes
Étale tes cheveux noirs sur moi
Pas en dessous
Traîne tes bottes noires
Sur moi
Pas en dessous
Bran de scie dans les yeux bruit sec d'un travail
En odeur de fausseté

Je révèle en ouvrant mes paumes
Toute une ruelle de chiens de traîneau
Dévoreurs de mensonges
J'appuie ma bouche contre le sol
Et je les rejoins

Plusieurs semaines plus tard, je n'ai toujours parlé à personne de cette nuit-là. Parlé à personne des changements, des tendons relâchés ni des muscles resserrés ; des sutures de ligaments ni de la guérison hâtive. Mes coupures se cicatrisent en une demi-journée. Je n'ai plus besoin de lunettes. Je vois les paroles des gens avant qu'elles sortent de leur bouche. J'ai la peau claire. Mon eczéma a disparu. Maintenant, je dois me couper les ongles tous les deux jours. Mes yeux ont des nuances profondes de vert. Ma mère les remarque et les attribue à la puberté, puisqu'il me pousse enfin une poitrine abondante. Ai-je grandi ou me suis-je juste redressée ?

Il commence à se passer des choses étranges. Les rituels ne sont plus les mêmes.

Enfants, assis en cercle, on jouait à se graver dans les bras nos noms respectifs avec des lames de rasoir. On se scarifiait de faux coups de griffes pour se montrer dignes de la douleur. Mes blessures ne saignent plus, même quand l'entaille est profonde. Maintenant, le sang veut rester dans mon centre. Les membranes qui enveloppent mes organes s'épaississent. Mon cœur bat plus lentement. Le calme remplace l'anxiété. Le bout de mes doigts a un goût de métal. Mon champ de vision s'élargit. Le bol de mon bassin s'emplit de miel et ma langue devient venimeuse. J'ai appris à cueillir des orgasmes dans mon lieu sacré, et que tout le fluide du monde m'appartient.

En ce moment, le soleil se lève le matin. Bientôt viendra le Temps de l'Abondance. Quel soulagement. Ça ravive l'éclat de l'esprit et du corps d'être rassurés sur la fin de l'emprise du froid sur nos vies. Les bruants des neiges seront bientôt de retour avec leurs chants. L'air que je préfère, c'est celui qu'ils poussent pour dégager le terrain avant de se poser. Sur le chemin de l'école, je les observe et je m'efforce de déchiffrer leur langage. Si j'arrête d'essayer d'écouter, il arrive que leurs pépiements se changent en mots. Je me rends compte que les oiseaux ont une vision complètement différente de la nôtre. Lourdes et indolentes créatures, nous parlons une langue épaisse, embourbée. Cloués au sol, nous excitons leur pitié. Ils nous voient comme nous voyons les arbres, lents mais imprégnés de longévité. C'est ainsi que les arbres voient les pierres. Ainsi que les pierres voient les montagnes. Ainsi que les montagnes voient l'océan. Ainsi que la Terre voit le soleil. On a toujours besoin d'un plus ancien que soi.

De l'autre côté de la baie croupit un vieux navire à bout de forces, vestige des nombreux essais ratés de revendication du passage du Nord-Ouest par des étrangers. Je n'ai jamais compris ce qui les pousse à s'imaginer en aventuriers de l'extrême, eux que les gardiens du territoire regardent passer en ricanant. Nous qui sommes là depuis toujours, nous ne sommes pas aventureux, peut-être ? Quelle arrogance de présumer que l'expérience se limite à leurs seules paires d'yeux. On ne met qu'un quart d'heure pour traverser à pied la baie gelée. Maintenant que la lumière et la chaleur nous suffisent pour rester confortablement dehors, on le fait presque tous les jours. Le navire nous sert d'abri quand le vent forcit, et aussi d'étincelle pour allumer notre imagination. Qui était leur capitaine ? Ont-ils jeté des corps pardessus bord ? Avaient-ils succombé au scorbut ? Étaient-ils porteurs de la tuberculose ? Leurs lèvres se sont-elles rétractées douloureusement sur leurs dents lorsqu'ils ont reçu le traitement que nous ont toujours réservé les éléments ? La Terre ignore les hiérarchies et les bonnes manières ; on ne peut qu'obéir et apprécier ce que sa grandeur nous accorde. Seules la logique et une vigilance de tous les instants assurent notre survie. Seul le canevas des connaissances léguées par nos ancêtres nous aide à vivre en harmonie. Obéir ou crever.

Le Plus Beau Mec s'agrippe au cordage effiloché

qui pend au mât, prend son élan et décolle de la proue, décrivant un grand cercle autour de la coque. Sa silhouette se découpe un instant sur le ciel radieux ; il laisse sa joie et son rire exploser et nous envahir tous. Tour à tour, on fend la douce fraîcheur de l'air au risque de se casser la gueule. Le Plus Beau Mec et moi, on se replie dans le ventre du navire pour aller retrouver nos amis. Il glisse ses mains froides sous ma veste, sous ma chemise. Ce n'est qu'une marque de courtoisie élémentaire de réchauffer les mains de nos proches. Notre ami creuse fiévreusement la neige accumulée dans la cale, à la recherche de connaissances à exhumer. La curiosité est l'essence de la jeunesse. Il hurle qu'il a trouvé des cheveux, un crâne enterré. On se précipite, décidés à croire, à s'émerveiller, à rêver, ivres de peur. Finalement, quand on y retourne, des mois plus tard, il s'avère qu'en fait de cheveux, ce n'était que la tête d'un vieux balai à franges. Dans notre élan de jovialité, on avait oublié de faire preuve de logique. C'était amusant de croire qu'on avait trouvé un cadavre évoquant celui, véritable, d'un chamane auquel les pasteurs anglicans avaient refusé l'entrée au cimetière public, et qu'on a laissé pourrir dans le dépotoir municipal. Je n'ai jamais compris ce qui pousse les étrangers à venir nous dire où mourir et où vivre. Où nous enterrer, comment nous reproduire.

Trois fois placeras les lichens
Dans l'ordre
Vert
Orange
Noir
Trois rangs
Quatre regrets
Huit larmes
Murmures à rebours intacts
Soufflés en vitesse
Subliminalement
Criminellement
Va de l'avant
Trois mensonges
Quatre poings fermés
Huit vérités
Pierres assemblées
Chauffées par mon corps
Chauffées par la vie
Place-les
Dans l'ordre
Hexagonal
Six ennemis
Trois mauvais sorts
Quatre amours
Huit pactes

Le temps a le don de nous replonger constamment dans les mêmes configurations. Nous sommes comme des mouches à fruits, incapables de percevoir les schémas. Ce n'est pas parce qu'on déferle au sommet de la vague que l'océan n'existe pas. Ce qui a été sera. Nous sommes la réverbération de nos Ancêtres, le chant de notre être présent. Un profond silence plane sur l'avenir comme sur le passé lointain. Le Silence. On ne quitte jamais le chevet des morts. C'est effrayant, mais le Silence est notre vraie demeure. Voilà pourquoi il faut profiter au maximum de notre viande filandreuse. Célébrer le harnais qui nous lie au corps.

Nous sommes le résultat de la force phénoménale qui propulse notre univers. Nous n'existons pas en tant qu'individus, mais comme la vaste accumulation de tout ce qui a vécu avant nous. Qui nous accompagne. Qui nous soulève. Nous qui les soulèverons plus tard. Il faut vouer notre vue aux visions, notre toucher à l'amour. Nourrir nos mains et nourrir nos ventres. Nourris tes yeux et nourris tes os. Nous sommes des vaisseaux à remplir et je me sens régénérée depuis ma nuit sur la banquise. Mes tendons se sont épaissis, mes pensées accélérées. Je suis capable de plus.

C'est la peur qui apprend à me fuir et non l'inverse. Je ne suis plus bonasse, on dirait que ma lâcheté a couru se tapir dans les coins les plus reculés, là où il lui est impossible de dominer ma psyché. Ma nuit avec l'Aurore boréale a métamorphosé ma vie tout entière. On dit que les fous ne doutent jamais de leur santé mentale. Cette nuit avec l'Aurore boréale, c'est vraiment arrivé. La douleur était bien réelle. C'est là que j'ai appris ma leçon : attends-toi à souffrir, ne ménage pas ton courage. Pas le choix, il faut subir. Il n'y a pas d'autre voie que de renoncer à douter de soi. C'est la Saison naissante à plus d'un égard. Si le soleil peut se lever, alors moi aussi.

Ma nouvelle assurance m'a valu un regain d'attention de la part du Plus Beau Mec, à moins que ça ne soit juste mes seins. On trouve des prétextes pour passer du temps ensemble, bien que notre amitié soit délicate à exprimer. Juste pour se réchauffer, on s'introduit dans des bâtiments abandonnés. On grimpe sur les réservoirs à diésel, on court en rond dessus, on se met au défi de sauter en bas (ce qu'on ne fait jamais). On rivalise avec le groupe électrogène pour savoir qui hurlera le plus fort. On rassemble nos amis en groupes, chacun d'entre nous dit à ses parents qu'il dort chez quelqu'un d'autre. On organise des courses de cent mètres, on joue à la bouteille. On vole du hasch, de la bière et des chips. On discute au téléphone. On se moque des ivrognes dans la rue, sachant fort bien qu'ils ne se rappelleront jamais qui a blessé leur amour-propre, eux qui ont déjà tué leur dignité.

La capacité du Plus Beau Mec à me manipuler avec ses yeux ne m'étonne même plus. Maintenant, je trouve ça plutôt amusant. Depuis que j'ai commencé à le trouver aussi drôle, je n'espère plus rien de lui que cette camaraderie. On ne sait jamais quand va éclore une véritable amitié. Je vois bien qu'il s'efforce de me séduire, mais je sais d'instinct que ça n'a rien à voir avec moi. Je ne sais pas trop comment lui annoncer qu'après ma nuit sur la banquise, plus jamais personne ne Me pénétrera. J'ose espérer qu'il voit en moi autre chose qu'une chatte. Il a beau essayer de me traiter comme une conquête sexuelle, ça glisse comme de l'eau sur le dos d'un canard. Il est si vulnérable que ça l'a rendu peureux. Il agit par inquiétude.

Le rire, c'est la mort de la peur. Le gloussement nerveux suscité par le malaise ou la gêne. La rigolade quand on voit quelqu'un se conduire de façon parfaitement déplacée. L'hilarité étouffée quand les gens se couvrent de ridicule. La gaieté incontrôlable devant quelqu'un qui se prend trop au sérieux. La fois où tu as éclaboussé ton père en crachant du lait par le nez parce qu'il t'avait traitée de sac de pets. Avant tout, rire de bon cœur de cette farce ridicule qu'on appelle réalité. C'est ça qui guérit.

Alpha, ça lui déplaît qu'on soit amis, le Plus Beau Mec et moi. On a école aujourd'hui et je ne me cache plus d'elle, c'est fini. Peu importe ce qu'elles me feront, c'est maintenant que je me défends. Je ne vais ni chorégraphier une heure de colle, ni ramper sous l'école.

Le temps passe, tic tac, je sais ce qui m'attend. La cloche sonne. J'ai l'impression d'avancer vers mon casier au ralenti. C'est l'adrénaline. Quand je sors de l'école avec mes livres, un demi-cercle de filles m'attend au pied de l'escalier. Alpha ricane et ses copines font passer leur poids d'un pied sur l'autre, prêtes à tout.

Des vagues de violence nous lèchent les cuisses. Tout ça bouge très lentement, mais paraît se préciser sans effort. J'expire longuement, comme si je braquais ma carabine, et puis je pose le pied dans le demi-cercle. Ce petit acte d'occupation de l'espace, qui concentre plus de défi que tout ce que j'avais jamais osé jusqu'ici, soulève une fluctuation de pouvoir et un mouvement presque imperceptible : le demi-cercle esquisse un léger pas de recul et se tait.

Toute l'énergie qui m'entoure, je la concentre au fond de moi, puis je la fais remonter dans mes yeux. Dommage que Monstre à batteries, ma meilleure amie, ne soit pas avec moi, mais je suis capable toute seule. Alpha feinte comme une boxeuse et me crache au visage.

J'empoigne son foulard et, en un éclair, je le lui enroule autour de la gorge. Elle semble peser si peu quand je la fais tournoyer, quand je la soulève du sol par le poids de son cou. Elle n'arrive pas à respirer. Elle devient toute rouge et j'entends une des petites idiotes me bêler de lâcher sa copine.

J'attends. J'attends qu'elle soit violette avant de la lâcher. Elle a perdu connaissance, mais ça va aller. Elles ne vont plus jamais, jamais m'embêter. Je rayonne d'une lumière qui prend racine dans ma rate. Même si je veux la paix, ce n'est vraiment pas désagréable de m'enivrer de violence.

Mon pas sur le gravier
Poumon de givre
Ivre de gaieté
Ivre de violence
Ivre de jouissance

Je vais m'aiguiser les griffes
Montrer les crocs
Un seul filet de salive
Une seule langue
Ne disent pas la
Lutte engendrée par la survie
Tu n'as qu'à toucher mes enfants
Pour que mes dents s'approprient ton pharynx
Qu'un nom à dire
Pour finir broyé par une jambe
Devenue puissante à force de
Supporter le poids
Par une cuisse qui soutient
Des roches et une allure affolée
Je vais attendre, la tête dans les épaules
Les griffes aiguisées
Les dents béantes

Enfin l'école est finie, le soleil levé en permanence, vingt-quatre heures sur vingt-quatre et ce n'est pas propice aux mauvais coups, clairement visibles à l'œil des témoins, qu'il soit midi ou minuit. Le volume de nos voix trahit nos intentions délinquantes. Le soleil de minuit et l'absence d'horaire ne font qu'exacerber notre besoin de transgression. Tout le monde a l'horloge de travers. Comme ça n'a aucune importance, on reste debout jusqu'à midi et on dort jusqu'à huit heures du soir.

Seuls les Vivants s'aventurent dans la Nuit lumineuse, les jeunes, les ivrognes ou ceux qui reviennent de la chasse. On n'a pas encore tout à fait passé l'âge de jeter des cailloux aux clochards ou de ramasser des mégots par terre devant le Northern Store. On est quatre aujourd'hui et Pantalon jaune a piqué un joint à un ivrogne après l'avoir bombardé de cailloux, alors on est équipés pour veiller tard. Il doit être deux heures du matin quand on force l'entrée d'une petite remise au bord de l'eau, où nos semelles s'engluent dans la graisse de phoque et les poils de caribou. La porte est coincée dans un bloc de glace. On l'arrache à sa prison gelée, elle se referme sur l'obscurité et nos yeux s'habituent à la pénombre. L'odeur de la graisse et du sang est très réconfortante. Graisse de phoque et fourrure emmêlée. L'air est chargé de l'odeur métallique des pièces de motoneige et de l'arôme salé qui s'échappe de la glace crevassée. L'huile épaisse nous alourdit les narines. Odeurs de gravier, de poussière, de contreplaqué, de béton ; on s'entasse dans la petite enceinte.

Une étrange sensation m'envahit, quelque chose de carnassier. Je viens de capter l'odeur de la peur. Je sens la peur et c'est ce qui m'excite. Soif de sang, mieux encore : soif d'Âme. La peur parle à mes crocs, elle les veut bien longs et bien pointus. La peur parle à mes vertèbres, elle leur dit de s'approcher de la terre, car c'est une bonne façon de dissimuler mon ventre. La peur parle à mes yeux, elle leur dit de trouver à manger dans les veines du cou. Quelque chose fait la culbute dans mon ventre.

Quelqu'un allume le joint. L'instinct prend le dessus et je braque mon attention sur le plus faible du groupe, j'ai nommé Pantalon jaune. Il n'a qu'à me regarder dans les yeux une seconde pour pousser des hurlements incessants. Il crie à tue-tête qu'il a vu le diable. Moi qui n'avais pas

l'intention de lui faire *si* peur que ça, je sens la mauvaise humeur me gagner, comme si la mise à mort s'était passée trop vite. On le fait sortir de la remise, sous le nez des gens qui se mettent à la fenêtre pour voir d'où vient ce tapage. Bon, maintenant il se roule dans la boue, couvert de sang et de graisse de phoque. Écœurée par sa faiblesse, je ris secrètement de lui tout en regrettant la situation. Il n'arrête pas de hurler.

Pour finir, sa mère vient le chercher. Nous, on reste plantés là, inquiets, gênés, piteux. Qu'est-ce qui l'a effrayé à ce point-là ? Il ne sait pas que la peur attire les prédateurs ? Il n'a plus jamais été le même après ça.

Moi non plus. Après ça, la Terre s'est mise à m'appeler plus souvent. La Terre boit la culpabilité qui s'accroche obstinément à mon foie depuis que j'ai pris une autre personne pour proie, pour mon plaisir personnel. La Terre boit tout ce qui est négatif. Respirer avec la Terre, rendre l'énergie à la Terre, c'est ça, survivre. Brancher mon corps sur la Nuna, la boire toute, le lui rendre en amour. Un amour grand comme l'univers encapsulé dans un instant, un souffle, un cadeau pour ma chair appauvrie. Elle embrasse tout. Elle est paisible. Elle est sublime. Nous qui retournerons bientôt à la terre, pourquoi ne pas nous amuser un peu tandis que nous séjournons hors d'elle ?

Après la mort, mon corps pourrissant devient le nouveau-né des objets inanimés. La terre s'ennuie peut-être de nos corps telle une mère pleurant l'absence de son nouveau-né. On souffre sans doute d'avoir perdu notre corps après la mort comme on s'ennuie tous du ventre maternel. Mes minéraux reviendront peut-être sans attendre, sous forme de plante ou d'insecte. Dans quelques millénaires, certaines parties de moi deviendront peut-être du Vieux Sang, ce Vieux Sang qu'on arrache à la terre pour le brûler et détruire sa surface, pour le brûler et éviscérer les nuages. Laissons-la garder son sang. Laissons à sa place le noir profond du temps. Ce Sang comprimé, Vieux comme le monde, que nous obligeons à travailler au mauvais moment, sous la mauvaise pression.

Quand l'énergie quitte le corps, que lui arrive-t-il ? Nous abandonne-t-elle ou se met-elle à vibrer à une fréquence inconnue ? Se lance-t-elle aux quatre vents, délaissant nos vaisseaux esseulés ? Et nos âmes, voyagent-elles emportées par le vent ? Conservent-elles notre valeur, accèdent-elles à la Connaissance, ou sommes-nous rétrogradés lorsque nos corps se décomposent ? Restons-nous méritants quand la putréfaction s'empare de nous ? Combien existe-t-il de strates de conscience ? Donne-t-on toujours ? À l'état inanimé, sommes-nous vraiment amoindris ?

Je ne crois pas. Ce n'est qu'un mode plus lent. L'air est-il plus éclairé que nous ? La Terre me donne toujours une réponse à ces questions-là. La Terre me protège, elle me possède. La Terre me nourrit. La Terre, c'est mon père et ma mère. La Terre, ce sont mes futurs enfants. La Terre, c'est toi. Nous la saccageons avec l'ignorance mesurée d'un adolescent autodestructeur. Moi, j'étais comme ça à quinze ans, toi, as-tu une excuse ? Je veux sauver la terre aussi fort que ma mère voudrait pouvoir me sauver.

Je n'ai pas eu mes règles depuis ma nuit sur la Banquise. Je n'ai parlé à personne de la culbute dans mon ventre, puisqu'il est resté plat. Tout ce que je sais, c'est que je ne suis plus seule ; que je suis protégée maintenant. La fonte a fait couler en ruisseaux ce qui restait de la neige et la fonte a fait confluer mon sang autour de mon ventre.

C'est la saison de la Croissance, de la prospérité. Le ventre des affamés s'est rempli de bonnes choses. D'une chair fraîche, riche, épaisse, qui crée une force parfaite et rayonnante. Des touffes de petites fleurs violettes se sont ouvertes et épanouies partout sur la toundra. Les pavots arctiques envahissent le terrain comme des armées miniatures. Les racines d'aigaq éjectées de leur fleur se retrouvent dans les estomacs. La terre grouille de vie animale.

Renard vient souvent me voir, mais il me traite avec une vénération nouvelle et jamais il n'oserait me reparler, maintenant que j'ai les jumeaux dans mon ventre. Un garçon et une fille, je parle avec eux tous les jours.

Je suis pleine. Ils passent leur temps à me tirailler, à jouer avec moi, à me dire quoi manger. Souvent, ils veulent que je quitte ma conscience pour les rejoindre dans notre monde spirituel où on peut communiquer librement. On rit comme des petits vieux qui prennent le thé quand je leur tiens compagnie dans notre œil mental. Mes aînés sont dans mon ventre. Je les respecte et je les admire. Ils en savent tellement plus que moi. Personne d'autre n'est au courant tant ils remuent vite, comme des serpents dans mon ventre. Ce ne sont pas mes petits, mais mes égaux, mes guides.

Les enfants ont toujours besoin d'être conseillés. Bien sûr. Mais seulement sur l'art de rester en vie. Ayons confiance en leur sagesse et ils sauront se conduire, au sens propre. Il faudra bien un jour que ces êtres évacuent mon corps. Qu'est-ce que je vais dire à mes parents ? Moi qui suis encore leur bébé, leur bébé qui aime fouiner. Je suis leur bébé qui rêve aux Aurores boréales dans l'horreur effarée d'un plaisir explosif. Je suis leur bébé aux seins frissonnants, au désir distendu.

Le Plus Beau Mec vient me chercher presque tous les soirs pour qu'on aille se promener, parce qu'en toute franchise, à certains moments, on n'a rien d'autre à faire. Le soleil nous entraîne à la périphérie de la ville ; on flâne en traînant les pieds, sans dire un mot. Cet endroit me donne parfois l'impression d'un lac aux eaux stagnantes par un jour sans vent. Sans air. On va suffoquer si on n'y prend pas garde. On s'arrête pour s'asseoir sur un rocher et laisser parler le soleil. Le Plus Beau Mec, j'aime le regarder respirer. J'aime quand la brise m'apporte sa senteur. Un soupçon d'haleine, une touche de vieille lessive, sa peau fraîche.

Il est presque immobile. J'aime contempler ses yeux de vieillard quand on est seuls. Il se laisse devenir calme et vieux quand on est seuls. On pourrait exister aujourd'hui ou bien voilà mille ans, mais ça ne pourrait pas être dans mille ans parce que cette terre sera métamorphosée, noyée, déterrée, brûlée et, je l'espère, déjà au moins un peu rassemblée quand on ne sera plus là, nous les humains.

On se relève après un long moment pour repartir à la recherche de rien. De certaines maisons surgit de la musique, d'autres le suicide. L'une d'entre elles crache de la musique country ; on aperçoit notre petit ami bébête à la fenêtre d'une des chambres. Nous avons le cœur à la fête. Comme il est encore assez tôt, on se risque à entrer, on essaie de se rendre le plus invisibles possible quand on traverse le salon où se trouvent les adultes.

On a presque réussi à passer inaperçus quand un ivrogne nous arrête d'un retentissant « Hé, les enfants, venez ici ». Penauds, on s'avance à petits pas vers le cercle d'yeux hagards. Il se contente de nous tendre une grosse boîte de tabac Player's Light, des tubes de papier avec des filtres déjà prêts et une machine à rouler. « Allez donc me faire des cigarettes. »

Heureux de rendre service, on s'assoit en rond tous les trois, prenant plaisir à passer du temps ensemble, à s'engluer les doigts pour apprendre la juste quantité de feuilles blondes à entasser dans la machine, ni trop ni trop peu, avant de saisir les tubes en papier, de glisser l'extrémité vide sur les supports en métal et d'y pousser le tabac avec un déclic satisfaisant. On fume toutes les cigarettes qu'on rate. Tout ce tabac superflu, on l'avale comme si c'était la fontaine de maturité.

Regarder la fumée tourbillonner sous la visière de ma casquette de baseball, faire tomber les cendres sans me servir de mes mains, ça me donne le sentiment d'être douée pour quelque chose, ça me donne l'impression d'être adulte. On fait semblant d'être des comptables, des gangsters, Clint Eastwood. Tandis que les heures passent, on discute de menus détails, mais en réalité, on mesure notre force d'âme.

Puis, quand la fête se fait plus bruyante, on abandonne notre petit ami et on s'éclipse par la fenêtre. Le Plus Beau Mec et moi, on déambule bras dessus bras dessous dans la ville sans se préoccuper des chuchotements qui nous filent le train. Mieux vaut être poursuivi par des rumeurs que se laisser mener par des hurlements.

Mon ventre ne pèse pas grand-chose, mais je me suis pas mal épaissie. Tout le monde pense que c'est la puberté. Aujourd'hui, au magasin, une vieille dame qui s'appelle Helen m'a abordée pour m'inviter à prendre le thé dans sa tente. Je la connais depuis toujours, comme tout le monde dans notre petite communauté. Je l'aperçois souvent chez La Baie ou à la Co-op, où elle fait provision d'ingrédients pour sa bannique. Elle est réputée pour sa bannique torsadée, mais je n'y ai jamais goûté.

C'est la grand-mère du Plus Beau Mec et je sais qu'elle le flaire sur moi. Son visage tout ridé ne laisse voir que l'ombre du pouvoir qui est le sien, uniquement ce qu'elle choisit de révéler. Enveloppée d'humilité, elle est pourtant vénérée de tous. Je crois qu'elle capte plus de choses que je ne saurais en observer. Ses mains détiennent une sagesse millénaire.

Malgré sa peau fine et flasque, on voit bien ses ligaments à travers la mollesse de l'âge. Elle est redoutable et si tu doutes de toi, il ne faut jamais le lui montrer. Sinon elle se lassera de toi et elle s'en ira. C'est la noirceur de ses yeux. Il suffit de la regarder pour goûter un calme profond, mais le tourment de ses souvenirs fait naître un sentiment d'urgence plus profond encore. Elle a besoin de moi pour quelque chose. Je peux l'aider. Elle peut m'aider.

Je la regarde s'éloigner en se déhanchant ; la fourrure de carcajou qui orne la capuche de son manteau paraît tellement foncée à côté de la blancheur de ses cheveux. La majesté de sa chevelure grise dégarnie l'emporte mystérieusement sur l'épaisseur huileuse de la sombre fourrure. Elle est la reine de l'invisible. Malgré la lourdeur de son corps, elle évolue avec légèreté, entourée d'une énergie qui tournoie telle une tempête au ralenti. Autour d'elle, l'air miroite comme une onde de chaleur. Même si le temps lui a ravagé le corps, son être véritable se meut avec la lente ondulation du bassin d'une femme à l'utérus bien rempli. C'est elle la meilleure couturière, les membres de sa famille sont parés de ses ouvrages comme des aristocrates. Richesse. Cette femme, c'est comme de la moelle sur ma langue. Avoir faim d'énergie au-delà de la nourriture, au-delà du sexe, au-delà de la violence ; c'est ça, la paix. C'est ça, la sécurité.

Mardi soir, je m'aventure avec mon chien sur la toundra, dans la nuit d'été poussiéreuse et sèche. La forme des nuages ressemble à des avertissements codés en morse : l'été ne durera pas. La vie, c'est ça. Mange-la tout de suite. Mon chien a une fourrure couleur de crème et de saumon, des yeux si pâles qu'ils imitent la crête des vagues. Tout le monde a peur de lui à cause de sa taille, mais on se connaît, tous les deux, et sa présence dans cette nature la rend complète.

Parvenus à un lac après plusieurs heures de marche, on juge que c'est le moment idéal pour se rafraîchir. Il entre dans l'eau le premier. Moi, j'ôte tous mes vêtements et je m'enfonce jusqu'aux mollets dans le lac limpide, debout sous le soleil. Je ne me sens plus comme une jeune fille. Maintenant, je suis une femme. Je m'installe dans l'eau, je me laisse porter par le froid. Pendant que les vagues me lèchent le ventre et les épaules, je regarde la lumière danser sur toute la surface de l'eau. Tu vois le reflet des nuages ? Tu vois mon chien laper la fraîcheur ?

Je garde la tête sous l'eau le plus longtemps possible. Je suis pure. Ce baptême-là n'est pas celui des chrétiens. Ce baptême-là, c'est celui de la Terre. Prenant appui sur mes coudes, je laisse les vagues enrouler leurs mains autour de ma gorge.

Tout à coup, j'ai soif. Très, très soif. Trop

soif. Crevettes et petits poissons commencent à s'assembler autour de mon corps comme un halo. J'ouvre grand les jambes pour permettre à l'eau de se déverser en moi. Sans s'arrêter. Elle aussi, elle a soif. Toutes les crevettes, tous les poissons décident de la suivre, ce qui satisfait son appétit. On dirait qu'elle avale des petites lueurs chaudes. Un omble énorme émerge lui aussi des profondeurs, orange vif, majestueux. Il est visible de loin et il nage très vite. Moi, j'ai peur parce que je suis sûre qu'il n'y aura pas assez de place pour lui. Il s'introduit avec force, mais je m'ouvre comme un accordéon alors ça ne fait pas mal. Je serre les jambes tandis que la lumineuse chaleur remonte dans tout mon corps. Mes enfants se réjouissent et se nourrissent. Ça chatouille. Mon chien rit de moi. Je me rhabille sans hâte, égoïste et rassasiée. On rit ensemble sur tout le chemin du retour, mon chien et moi. Les secrets, c'est délicieux.

Helen et moi, on commence à se voir plus souvent. Sans jamais dire un mot sur ma grossesse, elle m'offre souvent de la moelle, de la soupe et du thé. Le plus clair du temps, elle parle l'inuktitut, qui envahit lentement ma conscience. Je commence à rêver en inuktitut et mes bébés frétillent de bonheur lorsqu'ils remarquent mon contentement. Je suis tellement connectée à mes tout-petits qu'à mes yeux ils sont devenus des individus. L'une est aussi douce et forte que le ventre qui l'abrite, l'autre a les arêtes plus âpres, il veut lancer des cailloux. L'une est plus petite, plus docile. L'autre la protège. L'autre, c'est tout son contraire. L'une est si claire, si fragile qu'on dirait un jaune d'œuf dans mon ventre. Quant au plus tranchant, il l'entoure de métal et d'énergie vitale. Je ne fais pas de favoritisme, mais l'un éveille ma fierté tandis que l'autre me donne une envie désespérée de cajoler. Je devine qu'ils ne pourraient pas exister l'une sans l'autre, qu'ils sont la même personne dans des corps différents. Dommage qu'ils n'aient pas pu se fondre en un seul être.

Ces bébés m'ont fait vieillir. J'ai du mal à me passionner pour ce qui m'intéressait avant. Les drogues me rendent malade. L'alcool me rend malade. Même les cigarettes me donnent la nausée. Quand j'inhale de l'essence, j'ai l'impression de commettre un crime. Le beau gars ne me prend plus par les sentiments. Il me prend par la main. Il prend en main mon besoin de compagnie. Mon regard s'embrouille et le traverse alors qu'avant il brillait comme le soleil. Personne n'ose entrer dans ma chambre la nuit. Je suis consciente des bêtes affolées qui reposent en moi, prêtes à bondir si j'avais besoin de protection. Je ressens dans mon centre une chaleur profonde qui les apaise de son amour, car c'est toujours l'amour qui doit mener. À travers mes bébés, je parle avec le passé sans dire un mot ; à travers petit garçon, je parle avec un vieillard calme et serein qui garde un œil sur l'horizon pour veiller à ce que le monde tourne comme il faut sur son axe. À travers petite fille, je parle avec une louve qui patrouille en bordure de notre territoire pour repérer les prédateurs. Ils se taisent tous deux, mais quel besoin a-t-on de paroles quand tout est déjà révélé ?

Le soleil perpétuel décline avec de longs couchers et des poussées de brunante. La lumière orange, c'est celle que je préfère ; inclinée de biais, elle nourrit tout mon corps. Ces heures de crépuscule safran inspirent de longs récits et dissipent la peur d'accepter les circonstances. Mes bébés sont devenus une obsession, ils ont acquis une mainmise totale sur mon corps. Je ne suis plus maîtresse de mes mouvements ni de mes actes et je n'arrive plus à dissimuler mon ventre. Quand on me demande qui est le père, je ne dis rien.

Le mien, de père, est fou de rage. J'ai vu ses yeux se rembrunir, j'ai vu qu'il ne m'aimerait plus jamais de la même manière. Il s'est retiré en lui-même et n'en est plus jamais ressorti. Je n'ai plus accès à son amour.

Quant à ma mère, elle avait accepté ma grossesse et faisait de son mieux pour m'épauler. Elle me massait le dos comme quand j'étais petite et, parfois, ses sanglots assourdis me parvenaient de l'autre pièce. Ils avaient travaillé si fort pour bien m'élever. Je crois qu'ils cherchent un endroit où jeter le blâme, même s'ils savent très bien que ça ne sert à rien d'accuser la pluie à l'abri d'un auvent. Les choses sont ce qu'elles sont.

Chaque nuit, je m'abreuve de soleil orange et tous ensemble, on absorbe le silence. Notre maison s'est tue, désertée par la musique. Les fêtes sont moins joyeuses. Puis elles cessent. Une honte et une vénération profondes se lisent dans les yeux de mes parents quand ils me regardent. Pour compenser, j'exagère : je fais trop de blagues, je parle trop fort. J'arriverai à reconquérir leur amour. Je le sais. Ce n'est pas de leur faute si le rayonnement de l'Aurore boréale m'a possédée. Mes bébés répareront les dégâts. Je peux très bien être leur bébé et en avoir à mon tour. Acceptation et silence, je les apporte au soleil orange et je les lui confie. J'espère que mes parents vont rester calmes, qu'ils apprendront à me porter de nouveau. J'ai besoin d'eux.

Paumes alourdies
Mains en coupe
Remplies de liquide chaud limpide
Doigts glissants
Laisse-moi défaire ta natte
Laisse cascader tes cheveux noirs
Le long de ton dos cuivré si lisse
La fumée du feu de bois, le silence
Pas de place pour les mots
Laisse-moi coiffer tes cheveux
Laisse hurler le vent
Laisse-moi dénombrer tes souvenirs
Laisse-moi pénétrer dans ta chaleur
Au rythme des coups de brosse
Laisse-moi humer le sommet de ton crâne
Respirer tes idées
Laisse-moi tresser tes cheveux
Épais noirs
Noirs comme la plume du corbeau
Écoute claquer l'élastique
Me voilà dans ta tresse
C'est toi qui as le contrôle
Tu ne le sais pas encore, c'est tout

Après tous ces mois de clarté, voici nos premières soirées timides de ténèbres. On s'ennuyait de la nuit. Mes bébés en ont grand besoin. Je devine qu'ils ont grand besoin de leur Créateur. Leur père qu'ils ne peuvent pas voir en plein jour. L'obscurité attire mon ventre vers l'extérieur et vers le bas. Eux, ils grouillent à l'intérieur, mais il leur arrive de rester parfaitement immobiles, au point où je crains pour leur sécurité. Percevant mon agitation, ils remuent dans la seule intention d'apaiser mes inquiétudes. Jamais je ne me suis sentie aussi pleine.

L'appel de la lune, c'est l'appel de mon utérus. Je sens l'attraction des marées sous la glace. Elle s'exerce aussi sur l'eau qui est en moi. Le visage des bébés se tourne toujours vers la lune. Ce ne sont pas des bébés normaux ; ils sont Fluides. Je sens qu'il leur pousse des pattes, puis elles se rétractent, puis ils les absorbent. Il leur pousse chacun une queue qu'ils fusionnent et désunissent aussitôt, juste pour s'amuser. Ils ne font qu'un, comme je l'avais rêvé.

Ils peuvent amalgamer leur peau et la séparer à volonté. Quand ils seront là, comment s'expliquera tout ça ? Il leur arrive de se fâcher l'une contre l'autre et de s'aplatir contre des faces opposées de ma paroi utérine, ce qui me gêne considérablement. Mais ça ne dure jamais longtemps. Bien vite ils s'ennuient et tendent les bras l'une vers l'autre, exactement en même temps. Ils rêvent les mêmes rêves. Je le sais parce qu'ils s'agitent en dormant, exactement de la même façon. À l'instar des Aurores boréales qui se reflètent mutuellement d'un pôle à l'autre, mes enfants ne font pas deux mais *sont* un.

C'est la première des longues nuits noires. On va marcher sur la banquise dans l'espoir d'une rencontre entre les enfants et leur Créateur. Les Aurores dansent dans le ciel, mais sans nous remarquer. C'est quand l'une des deux se met à bouger, à se tordre exactement au même rythme que le rayonnement céleste, que je prends conscience de l'erreur que j'ai commise en les sortant sur la glace. Ces bébés viennent du ciel ; pas étonnant qu'ils veuillent y retourner.

Le garçon se met à peser sur l'intérieur du col de mon utérus. Il est curieux. Sa sœur s'agrippe à lui et observe par-derrière, mais je suis sûre qu'elle le suivrait dès l'instant où il sortirait de mon ventre. Je ne veux pas les perdre, pas encore, moi qui suis entière pour la première fois. Je fais tout mon possible pour calmer leur exaltation, pour les garder dans mon ventre. Respirations profondes. Je les ramène à la maison en me déhanchant, en les berçant de promesses : thé chaud et soupe au poisson. Un liquide visqueux d'un vert lumineux s'est mis à suinter de mes seins.

Mon lait.
Poitrine lactée,
Ventre arrondi,
Tombe approchante.

Sachant que les bébés ont l'intention de paraître bientôt, je commence à organiser la cérémonie qui leur assurera la naissance la plus confortable. L'instinct me dicte de ne pas les mettre au monde entourée de gens, mais sur la terre. Ils doivent se déverser sur cinq peaux de caribou, quarante-deux pierres lisses, onze estomacs de lagopède, huit dents humaines et une bouteille de whisky de dix-huit ans d'âge. Ils doivent pouvoir faire confiance à la première personne qu'ils verront. Helen. Il nous faut Helen pour faciliter la naissance. Ma mère a demandé à y assister, mais elle ne supporte pas de me voir souffrir. C'est Helen que je veux. Les enfants aussi la veulent, car ils ont senti par mon nez la propreté sèche de ses mains. Ils l'ont contemplée depuis le sommet de mon crâne. Ils ont déjà pénétré ses pensées. J'espère que les bébés viendront par une nuit de Froid intense. Ça me donne trop chaud d'être enceinte.

Les bébés me préviennent deux jours à l'avance de l'arrivée de leur Créateur pour les aider à sortir de mon ventre. J'espère de toute mon âme que l'Aurore boréale ne va pas tout simplement me les enlever, les emporter au ciel. Ils sont à moi aussi, ces enfants-là. Garde céleste partagée.

Pendant qu'il fait jour, je me rends jusqu'au campement d'Helen pour lui annoncer que je reviendrai après-demain lui apporter à dîner. Elle sait déjà ce qui s'annonce. Je passe les deux jours qui suivent à préparer un festin. Je passe les deux jours qui suivent à ramasser des pierres, concentrée sur le col de mon utérus. C'est effrayant. J'ignore ce que sera cette naissance. Je voudrais creuser jusqu'au centre de la terre. Je voudrais pleurer mon chagrin. Je voudrais me pomponner, me recueillir, me rincer, m'enduire de graisse. Je pose mes deux mains dans mon vagin qui s'ouvre et s'épanouit. J'ai trois orgasmes. Les bébés tètent ma joie. On ruisselle de lumière. Pour la naissance, je cuisine une soupe avec des têtes d'omble chevalier bien fraîches, de la bannique et un consommé de caribou au romarin. J'apporterai de la viande crue à poêler et quelques livres à lire.

Âme incarnée.
Poumon de glace.
Graine enterrée.
Trésors sacrés.

Ma petite. Son souffle, son sourire, l'odeur derrière ses oreilles. Je glorifie ses larmes, les clignements de ses yeux et sa bouche humide. Je glorifie ses mouvements, ses hanches, ses rotules. Je glorifie sa voix de fausset si sérieuse. Je suis sa créatrice, sa maison, son réconfort. Je bois ses larmes, moi qui incarne tout à la fois son amour, sa haine et sa terre. Sa pourvoyeuse, sa nourricière, son nid, ses entraves. Je suis sa chair et ses os, ses fluides m'appartiennent et les miens sont à elle. Ma petite. Elle qui grandit déjà. Ma toute à moi. Son rire, sa certitude incertaine. Sa réalité, son étincelle, sa confiance et sa colère. Ma chimère de terre, ma célébration. Cette journée lui est dédiée, et à moi pour avoir choisi de la faire, de la garder et de l'aimer.

La nuit de la naissance arrive et je rejoins Helen à son campement. Elle savait ce qu'il fallait faire, elle avait demandé à son neveu de nous construire un igloo. Ça change agréablement de la tente de toile sous laquelle je lui rendais visite. J'ai beau adorer l'odeur du coton et le claquement des bâches dans le vent, l'igloo est plus massif, plus silencieux. Avec son entrée un peu plus large que la normale et sa petite fenêtre de glace percée juste à côté, on sent la présence du ciel. L'aire de sommeil est tapissée de fourrures de caribou.

On se repose, on boit du thé. On mange les plats préparés avec un Amour au-delà de tout. J'observe les rides de son visage, je vois sa lèvre qui pend, son humidité intérieure. Pour un instant, je la regarde comme le Froid envisage la chaleur. Il faut ralentir ses fluides, les immobiliser. Il faut la conserver. Je comprends que le Froid n'est pas malveillant. C'est juste qu'il n'aime pas la décomposition. Le Froid n'aime pas le changement. Le Froid aime que tout soit propre et net, c'est juste que notre état de fièvre et de passion ne coïncide pas avec sa nature frugale. En nous drainant de toute vie, le Froid cherche à nous laver, à nous hisser à son niveau. Le Froid cherche à arrêter le Temps, à interrompre notre vieillissement, à figer nos mouvements, à nous empêcher de pourrir.

Helen et moi, ce n'est pas par là que nous irons ce soir. Ses lèvres tremblent un peu, comme si elle était sur le point de dire quelque chose avant de se raviser. Elle prend une brève inspiration à la place. Ses yeux expriment un léger état de panique rien qu'en absorbant l'intention de ma visite. Pourtant cette femme reste calme. Cette femme qui pourrait prendre le vaste monde sur ses genoux si elle le voulait. La vapeur s'élève de notre thé et je regarde ses mains s'enrouler autour de sa tasse. Elle a les ongles un peu jaunis mais très épais. Les cheveux blancs tressés derrière son dos. Je vois bien qu'une paix immense repose en elle, mais que des années passées à se retenir de parler lui ont érodé l'âme. Cette femme en a beaucoup vu. Un réseau de cicatrices s'est noué sur ses mains. Quand je lui demande comment elle se les est faites, les commissures de ses lèvres se relèvent imperceptiblement, mais elle ne répond rien. Je vois à son expression que ce n'est pas une histoire agréable à raconter et que, par conséquent, ce n'est pas le moment. C'est le moment des histoires qui font du bien, du réconfort et du silence.

Je lui demande : « On peut dormir ici ? » Avec le même sourire muet, elle éteint la lampe et on s'allonge sous les peaux de caribou. Le qulliq reste allumé. Tout est imprégné de l'odeur de la graisse de phoque. Helen est couchée près de moi et ses formes moelleuses me réconfortent tellement, comme si elle était à la fois une montagne et une couette. Son bras posé contre le mien est si chaud, si doux. Dans le silence qui nous enveloppe toutes les deux, Helen s'ouvre au demi-sommeil. Dans cet état vulnérable, son passé se met à s'effilocher derrière elle et ses plaques tectoniques, en coulissant, révèlent une jeune femme douce et brillante qui avançait sur un chemin dégagé jusqu'à ce que, tout à coup, un nœud d'obscurité se forme devant elle. Sur ce chemin, j'ai vu qu'elle avait déjà commis un meurtre. Quelqu'un avait fait du mal à sa petite sœur ; après l'avoir tué, elle avait dit à tout le monde qu'il était mort par noyade accidentelle alors qu'elle l'avait poussé du bateau. Elle l'avait regardé se noyer enchevêtré dans un filet de pêche, sans intervenir, avec le détachement le plus total, observant calmement son visage jusqu'à ce qu'il cesse de se convulser, à peine quelques centimètres sous la surface. C'est pour *ça* qu'elle est là ; pour ça qu'elle voit en moi, en mes enfants. Ceux qui ont enlevé la vie à un membre de leur espèce ont véritablement le don de vue spirituelle, car à moins de lui dévorer le foie, l'esprit du défunt continue à les accompagner. Elle possède plus que la force nécessaire pour affronter tout ce qui pourrait se passer au cours de cette naissance. L'homme qu'elle a tué nous surveille, mais d'un œil bienveillant. Il l'aime aujourd'hui autant qu'elle le déteste encore. Elle l'écarte de la main comme une mouche pour qu'il la laisse tranquille. Peut-être qu'elle regrette de l'avoir tué ; pourtant, c'est toujours agréable d'avoir de la compagnie. Moi, je contemple son passé et je marche dedans avec elle. Elle, elle a toujours connu le mien. Je sais qu'elle espère que mes enfants finiront par ressembler à son petit-fils. Et que ça va me briser le cœur d'être obligée de la décevoir.

Si tu passes ta vie en silence
Les os remplis de violence
Morose jusqu'à la moelle
Un courant de glace dans les veines
Guéris je t'en supplie
Guéris je t'en supplie
Guéris je t'en supplie
Guéris

Le ciel nocturne commence à vibrer. Dehors, par notre petite fenêtre, l'Aurore boréale se met à pulser. Mon utérus se resserre. Les bébés s'éveillent et s'agitent avec impatience. À mes oreilles bouchées, à la pression sur ma poitrine, je devine que l'heure de la naissance est proche.

Helen dormait, mais elle pousse un soupir et se retourne pour me faire face. Ses yeux débordants de chaleur et de sommeil entrent en contact avec les miens. L'amour qui émane d'elle est un vrai cadeau. Malgré la peur qui m'envahit, elle pose une main sur mon visage et me transmet son calme. Elle s'assoit, commence à chanter son pisiq traditionnel et met de l'eau à bouillir. La lampe s'allume. L'Aurore boréale est de plus en plus forte. Plus le Rayonnement augmente, plus ma peur diminue.

Ma bouche veut s'ouvrir alors je l'ouvre ; un petit filet de bruit s'en échappe. Un son qui a pris sa source dans la vibration de mes enfants et remonté mon œsophage. Je ne suis pas surprise de voir un mince fil de lumière verte surgir de mes lèvres et s'envoler en flottant. L'Aurore boréale le remarque, s'accentue et vient à ma rencontre. La lueur verte éclipse la lampe et l'igloo se remplit d'ombres de plus en plus nettes. Mes bébés remuent de plus en plus vite. À croire que cent serpents se tordent à l'unisson, que mon ventre va éclater à force d'onduler.

Mon visage s'est empourpré. Je m'attendais à avoir mal. Je ne m'attendais pas à avoir l'impression qu'il avait poussé à la lune des doigts dont elle se servait pour écarter le col de mon utérus. À l'intérieur de moi, je n'éprouvais qu'un léger pincement. Soudain mon Utérus se tend et me rappelle que je suis le canal entre le monde spirituel et le plan physique, que la Mort me convoite aussi avidement que le Froid.

La digue de mes eaux se rompt, elles surgissent de moi comme une grande rivière d'un vert vif et étincelant. Jaillissant vers le ciel, ce liquide évapore la fenêtre de glace, permettant au filet qui sort de ma bouche de s'unir enfin à l'Aurore, là-dehors. Le Rayonnement se penche, pénètre dans l'igloo et couvre mon corps telle une couette. J'éprouve exactement le contraire de la dernière fois : une douce chaleur, un amour délicat se déversent sur moi. Le Rayonnement est plus doux cette fois-ci. L'Aurore s'enroule derrière ma tête pour accroître mon confort, elle se love dans mon ventre pour apaiser les bébés.

Les petits se calment, ils ont décidé que le moment était venu d'aller à la rencontre de leur Créateur. Le Rayonnement pénètre ma bouche et mon vagin tout en fermant mon anus et mon côlon pour faire plus de place. Mon utérus se durcit, et force, et pousse. L'Aurore a privé ma bouche de sonorité et mon vagin de constriction.

Je ne vois rien au-dessus de mon ventre, mais j'entends le cri perçant d'Helen quand mon fils Savik se glisse hors de moi. Humide et chaud. Sans douleur. Non seulement sans douleur, mais avec plaisir. Le Rayonnement me fait jouir pendant l'accouchement ! Ensuite vient Naja, libre, exquise. Je me redresse pour mieux regarder mes bébés et je vois pourquoi Helen pousse les hauts cris. Mes deux enfants mesurent chacun près d'un mètre de long, mais leur largeur ne dépasse guère celle de leur ombilic. C'est pour ne pas faire souffrir leur mère qu'ils ont changé de forme, suivant les conseils de l'Aurore. Mon cœur déborde d'amour. Pantelants, couverts de mucosités vertes, ils sont la plus belle chose que j'aie jamais vue. Savik est bien plus grand que Naja. Exactement au même instant, ils émettent tous deux un son qui fend le ciel, identique à celui de l'électricité. Un éclair fulgurant fuse de leurs bouches et s'unit à l'Aurore boréale avec un claquement si retentissant qu'Helen cesse de crier. Leurs deux cordons ombilicaux s'arrachent de leurs corps et vont se planter dans les yeux d'Helen qui s'immobilise et reste sans bouger, bouche bée. Malgré leurs nombrils ensanglantés comme les yeux d'Helen, j'ai la prémonition que tout va bien se passer.

Je sens les ombilics chercher dans son esprit le souvenir de leur naissance. Les cordons aspirent le contenu de sa mémoire, puis le remplacent par une version plus plausible de l'accouchement. L'échange dure quelques minutes. Helen reste étrangement immobile et muette. Entre-temps, mes enfants se sont élargis, ils ressemblent à des nouveau-nés normaux ; quant au Rayonnement, il se retire dans le ciel, nous laissant dans l'ombre. Les cordons reprennent place sur mes enfants et, le temps qu'Helen ouvre les yeux, ils se sont rattachés à leurs nombrils. Le froid a régénéré la fenêtre de glace. Helen se dépêche de poser sur ma poitrine mes bébés qui se mettent tous deux à téter mes seins. Helen semble abasourdie mais intacte. On rit ; elle éponge la sueur sur mon front. Le cercle de la vie se boucle avec le lait d'un vert sidérant qui s'écoule de mon corps.

Quand on amène les bébés à la maison, c'est la fête. Les gens arrivent chargés de nourriture. Ma tante apporte de l'uujuq et du muqtak frais.

Il y a de l'omble rôti, de l'omble frit, de l'omble gelé et de l'omble séché. On a fait rôtir le caribou avec des bleuets et du jus de qungaliq. Mon autre tante a fait de la salade de pommes de terre et de la tarte à la citrouille. La soupe mijote, la bannique grésille. Tout le monde mange et plaisante en cuisinant. Ma mère tombe tout de suite en amour avec les enfants, mais mon père garde ses distances.

Savik est très dodu, avec une épaisse touffe de cheveux noirs et des traits anguleux. Les yeux d'un noir absolu, la peau comme du teck. Quand il nous regarde dans les yeux, on perçoit l'acuité de sa pensée. C'est un protecteur-né. Naja est considérablement plus petite, sans un poil. Pas de sourcils, aucun duvet. Même ses cils sont clairsemés. Elle a les traits plus doux que son frère, le nez plus arrondi, la peau plus foncée et les yeux d'un vert très sombre et non noirs. Elle est d'une profondeur sans fin. C'est si facile de s'abîmer dedans. Elle passe son temps à roucouler tendrement. Savik se tait. Ses yeux sont habités d'un Savoir alarmant. Il ne fait du bruit que si on le maintient trop longtemps à l'écart de Naja ; alors il pousse un cri perçant qui ne s'arrête que lorsqu'ils sont réunis. Naja est sociable et douce. Elle pleure rarement pour demander son frère, mais devient agitée quand Savik l'appelle. Elle lui obéit. Je le vois. Et il la sert aussi.

Savik est auréolé d'un électromagnétisme naturel. Il semble exercer sur les gens une fascination presque hypnotisante. Son regard grave en dit long. Tous ceux qui le prennent dans leurs bras se sentent mal à l'aise après quelques minutes. Ils commencent à s'agiter, à chercher une façon de se débarrasser de toute cette énergie. J'ai remarqué qu'ils ne peuvent pas le tenir bien longtemps sans se mettre à faire des remarques désobligeantes sur les autres. S'ils le gardent encore dans leurs bras, ils peuvent pousser des cris de regret ou de chagrin. Savik se repaît de leur détresse, on dirait que ça le fortifie de voir quelqu'un souffrir. Même si ça soulage les gens de donner libre cours à leurs tourments, il vaut mieux attendre qu'ils soient prêts à le faire. Si on l'expulse de force, la détresse laisse une plaie béante par où les gens s'épuisent. Je constate que ceux qui passent trop de temps avec lui tombent malades et répandent une pâleur grisâtre.

Je remarque la façon dont il parvient à contrôler son environnement. Il sait se servir de son regard pour faire tomber quelqu'un dans l'escalier, ou entrer dans l'esprit des gens pour les convaincre de prendre des décisions catastrophiques. On pourrait s'attendre à ce que tout ça m'amène à le détester, mais non. Ça me rend fière d'avoir enfanté une telle source de pouvoir. Les mères n'ont aucun contrôle sur leur amour pour leurs enfants. Le mien est cyclonique. Savik ne se sert jamais de sa volonté contre la mienne. Il en est incapable. Ce serait comme s'il se poignardait lui-même.

Savik n'aime pas les gens en général et mon oncle en particulier. En fait, mon oncle vire même au verdâtre quand il tient Savik sur ses genoux. Je me demande bien ce qui, dans son for intérieur, ramène toujours mon oncle à Savik ; il a peut-être sur les épaules une culpabilité dont il aime se délecter. On dirait que Savik s'en prend principalement aux hommes, mais il n'hésite pas à s'en prendre à une femme si elle est malveillante ou qu'elle traîne trop d'amertume. Personne ne remarque ces détails imperceptibles, mais moi, je les sens. Je sens Savik appeler à lui les gens porteurs d'une grande négativité. Dire à leur douleur de redoubler. Il aime être porté par ceux auxquels il peut nuire facilement. S'il magnifie leur laideur et leur souffrance, c'est juste parce que ça l'amuse. Et eux, ils semblent inexplicablement attirés vers lui. Ces formes de vie semblent se nourrir de la mort. Ce sont des prédateurs. On peut faire confiance aux êtres humains pour trouver le moyen de se traquer eux-mêmes. Ces formes de vie prospèrent en se pillant mutuellement. Ces formes de vie, c'est le contraire de l'empathie. C'est la destruction. C'est le chaos. C'est tellement satisfaisant.

Naja est si menue, si frêle. Deux fois plus petite que Savik, avec un petit visage à peine plus gros qu'un poing. Elle resplendit même quand elle dort. Elle est calme, douce, sa voix guérit l'anxiété et les plantes cherchent à pousser dans sa direction. Elle trame la paix avec du vent. Elle inhale les problèmes et exhale leurs solutions comme un système de filtration. Elle lave les gens. Elle voit trop de choses. Les gens cruels sont mal à l'aise avec elle parce que son expression dénonce leur mentalité déficiente. Je l'ai vue guérir ma mère de son rhume à l'échelle moléculaire. Renforcer littéralement son système immunitaire. Elle s'abreuve à mon sein droit, qui lui prodigue du lait béni. Savik tète le gauche ; je lui fabrique du lait de fer. Mon sein gauche devient beaucoup plus gros que le droit parce qu'il en ingurgite tellement plus. Il doit régner dans le monde un déséquilibre de la douleur.

Une prise de conscience collective
Voilà ce qu'il nous faut pour que
Les tournesols se tournent tous
Vers le soleil
Qu'est-ce qu'on ne donnerait pas pour se faire accepter
Eau Nourriture Air Amour
Approbation
De quoi dépend le climat social ?
On se contente de faire ce que font les autres
Suivre
On parle souvent de la force du nombre
Ça dépend de celui qui compte
On dit que c'est mal
On dit que c'est bien
L'observation objective
La pensée critique
Alors que nous, on
Mange ce qu'on a vomi
Sur le plancher du réfectoire, au pensionnat ou
Sur le plateau de tournage d'un film porno

Torture faciale pour tout le monde
Une prise de conscience collective
Parce que les tournesols ne se tournent pas vers la lune
Qui sale le sol
Récolte la sueur
Ces enfants-là, qu'on les fasse travailler
Pour leur misère
Une prise de conscience collective
Voilà ce qu'il nous faut
Avant que les tournesols s'embrasent

Les quelques mois qui suivent, on les passe isolés dans notre amour. Tous nos coins sont pleins de grâce. Les enfants grandissent, Naja semble rattraper le poids de son frère. Lui, il est rude comme toujours, mais ses arêtes s'adoucissent au contact de sa sœur. Ils dorment comme s'ils étaient encore dans mon ventre et comprennent instinctivement qu'ils doivent se comporter comme les autres humains jusqu'à ce qu'on se retrouve seuls dans la maison silencieuse.

Ils dorment dans la position du yin-yang. Leurs corps se fondent l'un dans l'autre. Il leur arrive de changer de forme et de s'entremêler quand ils boivent à mes mamelles. Leurs petits doigts s'enroulent les uns aux autres comme de jeunes pousses. Parfois le petit prête ses jambes à la petite, ou elle lui offre ses bras, et je dois leur envoyer une mise en garde avec mon lait. Quelqu'un risque de se réveiller dans la maison et il leur faut du temps pour démêler leurs membres.

Il ne faut laisser personne les voir, mais tout le monde est au courant. Au plus profond d'eux-mêmes, les gens savent. Il y en a d'autres comme eux dans l'univers et tout le monde est toujours au courant. La Nature aime engendrer la vie. La Nature aime les femmes. La Nature espère guérir en formant la crête de cette vague de vie, mais qu'arrivera-t-il quand l'océan surira ?

Nourrir, c'est aimer. Je suis très fière de mon lait. Les enfants se développent de jour en jour. Les visiteurs se font rares, il n'en reste que quelques-uns ici et là. Le Plus Beau Mec en fait partie ; il vient voir les bébés avec Helen. J'avoue que les petits commencent à lui ressembler, sauf qu'ils changent de forme à volonté. Après tout, le Plus Beau Mec est l'être humain de sexe masculin qu'ils voient le plus souvent. Pas étonnant qu'ils aient incorporé son affection à leur visage. Ils savent que les autres ont besoin d'y voir celui d'un père.

Bien que ce soit imperceptible pour tous les autres, je les vois absorber, imiter les mouvements et les caractéristiques de leur entourage. Pour peu qu'il passe du temps avec lui, Savik se met à ressembler à mon oncle paternel. Quand le Plus Beau Mec le prend dans ses bras, je les vois s'échanger des molécules et des atomes à chaque respiration. Les petits aspirent les exhalations de ceux qui les portent. Ils se servent de leur odorat pour fureter dans leur passé, dans leurs ancêtres. Ils respirent le parfum des gens. Ils déterminent à quel point parler, jusqu'à quel point grandir.

Savik semble préférer les hommes, et Naja, les femmes. Elle commence à ressembler principalement au côté maternel de la famille, qui a le teint plus clair et les épaules plus larges. Ma mère l'adore et mon père a fini par prendre les bébés en affection.

Naja s'épanouit partout où elle va. Elle rend les cheveux des gens lustrés, leurs joues roses. Je les observe se calmer et se détendre à son approche. Elle donne avec abandon et Savik la protège farouchement, comme s'il voyait dans son activité de guérison un gaspillage d'énergie, une énergie qu'elle pourrait diriger vers lui. L'énergie dont elle pourrait se servir comme d'un bouclier pour se protéger de ceux qui auraient tendance à trop prendre. Il est avide d'elle. Elle suscite des guérisons et se nourrit ensuite de ce bonheur. En retour, Savik filtre la douleur pour elle. J'espère qu'elle ne se brisera pas lorsqu'elle connaîtra ses épines. À l'abri de ses affres, elle s'épanouit et alimente la lune qui se creuse un tunnel jusqu'au cœur du soleil, le ventre plein de frustration.

On passe beaucoup de temps avec Helen, chez elle. Une maison extraordinaire, chaleureuse, toujours débordante de vie de famille. L'arôme du caribou mis à rôtir, les chuintements de la viande de phoque qui mijote, le crépitement de la bannique frite dans le Crisco. Sons accueillants. Sons apaisants. Sons sécurisants. On se sert d'une feuille de carton posée sur le sol comme d'une table pour festoyer quand il y a un gros morceau de viande gelée à partager. Une barre magnétique vissée au mur de la cuisine sert de support à uluit. Le bruit d'un ulu qu'on aiguise m'a toujours donné des frissons. Métal contre métal, un son inquiétant.

Sa maison est toujours méticuleusement propre et organisée. Il y a toujours quelqu'un qui joue aux cartes. Une planche de cribbage taillée dans une défense de morse. Un pénis de morse dans un coin, une dent de baleine sur le manteau de la cheminée. On compte cinq esprits, trois enfants et deux poissons rouges ici aujourd'hui. Les dés à coudre et les aiguilles remuent sans cesse. Personne ne fume, mais un cendrier trône sur la table basse, on ne sait jamais. Dans la pièce du fond, une tante âgée aux omoplates saillantes se repose avec une taie d'oreiller bourrée de souvenirs et les mains de son défunt mari pour lui soutenir la tête.

Le parquet craque. La baignoire a pris une teinte brune au contact de l'eau dure. Il y a un carreau fendu en deux dans un coin de la salle de bain. Les portes sont creuses. Les esprits aiment s'y reposer. Son importante collection de photos est classée par ordre chronologique dans des boîtes en carton. De précieux portraits d'êtres chers figurent, encadrés, sur le Mur familial. La radio CB allumée en permanence permet de suivre à la trace les voyageurs et les chasseurs. Helen a des plantes en plastique parce qu'elle n'aime pas arroser les vraies.

Elle a une inclination pour la musique country et aime jouer de l'accordéon. Les enfants se lèvent pour danser la gigue quand elle joue, expulsant des airs joyeux avec ses doigts boudinés. Malgré les ressorts cassés des sofas, les enfants continuent à sauter dessus. Personne ne se donne la peine de les réprimander. Le vieux motif floral marron de quelques-uns des coussins est usé jusqu'à la corde. Les accoudoirs laissent voir leur triste ossature criblée d'agrafes. Je vais chercher une paire de pinces et je les arrache. Je ne vois pas pourquoi on laisserait les enfants se blesser.

L'ocre terreux de la moquette fait contrepoids aux teintes obscures des panneaux de bois imprimé. Dix estomacs de lagopède séchés pendent au plafond comme des décorations de Noël. Une télévision se tapit dans un coin, mais personne ne l'allume. Ça ne servirait à rien. Cet endroit est trop paisible pour le polluer avec la guitare électrique. De toute façon, les appareils électroniques fonctionnent mal en présence des jumeaux. Leur mécanique se met à crachoter et va parfois jusqu'à mourir quand mes enfants sont là, ça dépend de leur humeur. Quand ils se disputent, il vaut mieux les tenir à l'écart l'une de l'autre. Comme Savik est la seule personne envers qui Naja est capable de rancune, c'est trop puissant quand ça arrive, même pour lui. Je n'ai pas encore été obligée de les punir, mais je m'interroge sur la meilleure façon de procéder. Devrais-je demander à leur père de s'en occuper ?

Les bébés ont commencé à bouger. J'arrive à peine à les réprimander quand ils se révèlent sous leur vrai jour en remuant avec trop de vitesse ou d'agilité. Je veux que personne ne sache qui ils sont, et pour être honnête, la plupart des gens ne font pas suffisamment confiance à leurs yeux pour s'en apercevoir. Dissonance cognitive. Je suis très fière de mes petits tout neufs, on dirait que chaque jour ils me font découvrir de nouveaux sommets d'amour. Ma chair s'est accomplie. C'est surtout le lait, le lait qui m'éblouit. Non seulement je sens mon corps produire exactement les éléments nutritifs dont chaque enfant a besoin, mais il charrie des informations impossibles à expliquer. Des murmures rassurants et des messages d'encouragement chuchotés pour mes enfants. Je leur envoie des couteaux et des lames de protection avec mon lait. Je charge leurs globules blancs de pouvoir, je déconstruis pour eux toute négativité. Savik s'aiguise. Mon lait sert de pierre à affûter sa lame tranchante. Il incarne la vengeance. Il est divin.

Naja pousse en profondeur, plus que je n'aurais pu l'imaginer. Je regarde grandir les molécules dans mes enfants, c'est le prolongement parfait de leur séjour dans mon ventre. Ils sont toujours en moi, mais à l'extérieur. Nous sommes nos ancêtres. L'ombilic spirituel est évident pour tout le monde. Les morts nous contemplent avec le regard d'amour pur d'une mère. Mais ils nous aiment encore plus pour notre chair imparfaite et notre éternelle confusion. En nous dépouillant de notre forme, on accède à un amour inconditionnel total, complet. Nous portons nos morts avec nous comme des ballons gonflés à l'hélium. L'ombilic est incassable. Tout ça, je l'ai déjà vu. Mes enfants, je les ai déjà connus. Ils sont avec moi depuis toujours. Ils font partie de moi. La solitude n'existe pas.

Le Plus Beau Mec vient souvent chez sa grand-mère. Il aime mes enfants. Tout le monde pense que c'est lui le père, mais on sait tous les deux qu'on n'a jamais fait l'amour. Toute la ville, mes parents et tous les autres semblent se satisfaire de l'idée de la paternité du Plus Beau Mec. Si c'est ce qu'ils veulent croire, je n'ai rien contre ça, au contraire. Mon cœur sait qu'après ma nuit avec le Rayonnement céleste, je n'appartiendrai jamais à aucun autre. Pas une parcelle de moi n'est restée inexplorée, insauvée ou inutilisée. L'Aurore boréale me connaîtra toujours. Le Plus Beau Mec me demande comment ça se fait que les enfants ont un air de famille avec lui. Je réponds que lui et moi, on se ressemble de toute façon. Il expire quand j'inspire et nos cœurs battent au même rythme. Les bébés appellent sa présence. On rit comme devraient rire les enfants, il m'aide à ne pas oublier que j'en suis toujours une. Des fois je lui demande pourquoi il s'intéresse tellement à mes bébés et à moi. Il dit qu'on est magiques. Il dit qu'il s'ennuyait, avant. Qu'il aime rire.

Mon oncle s'enfonce de plus en plus dans la maladie après avoir passé du temps avec Savik. C'est mon oncle préféré et ça me fait de la peine de le voir décliner. Il prend Savik dans ses bras pour se réconforter, mais c'est la cause de son anéantissement, à la manière d'une dépendance. Naja et moi, on regarde Savik circuler dans le corps de l'Oncle pour aider la maladie à se développer. Je voudrais qu'il arrête, mais comme chacun sait, il est futile de vouloir contrôler le fondement de la nature de nos enfants.

Je me souviens avec affection de la fois où mon oncle m'a extirpée d'une fissure dans la glace après un dangereux faux pas. Il m'a sauvé la vie. Je me souviens de toutes les fois où il m'a donné les meilleurs morceaux de viande. Je me rappelle qu'un soir où il buvait avec mes parents, il a dit à mon père de ne pas me punir trop sévèrement. Il est doux. Il a de grosses poches sous les yeux et une voix qui résonne. Une voix dont le ton exige que les autres se taisent quand il parle. Chaque fois qu'il raconte une histoire, les épaules des gens se détendent, apaisées, ou se tendent, appréhensives. Il porte de vieilles fringues, surtout des vêtements de plein air. Mon oncle à lunettes, qui se tait la plupart du temps, devient bruyant et dangereux quand il a bu. Je l'ai vu se battre avec trois hommes pour une femme. Son humour pourrait désarmer n'importe qui. Il est large le fossé qui sépare les gentils des méchants.

Mon cœur se serre pour lui et Savik le sait, mais ce que j'éprouve n'a aucune importance à ses yeux et, pour la première fois, je me sens m'éloigner de mon fils. Il n'en fait qu'à sa tête et ça m'effraie. Les fréquentes visites de l'Oncle au poste de soins infirmiers lui valent une évacuation aérienne. Il doit passer des tests et ici, il n'y a pas d'hôpital. Il faut quitter la ville par avion pour se faire soigner. Les examens révèlent qu'il a une tumeur inopérable au foie, qui s'est développée au point de s'attacher à une artère majeure. Il décide de rentrer mourir à la maison. Je vois Savik lui sucer toute sa vie avec une jubilation carnassière. Plus il prend des forces, plus l'Oncle s'affaiblit comme d'un lait mortel. Savik ne tète plus le mien et mon sein n'en produit plus. Il se nourrit de mort.

Savik tue l'Oncle par besoin et, après sa mort, il conserve des morceaux de lui. Piégé dans son ADN, mon oncle fait partie intégrante de Savik pour toujours. J'entends la voix de l'Oncle dans celle de Savik, je lis ses expressions sur son visage. Ça me console un peu de savoir qu'il est toujours vivant d'une certaine manière, mais ça me fait aussi mourir un peu.

Papa tombe malade. Depuis que l'Oncle a disparu, Savik marche sur mon père, mon père formidable, mon père fiable. Ses poumons s'emplissent de sécrétions. Il commence à flotter dans sa salopette de jean. Ses yeux trahissent sa peur et sa vulnérabilité. Ses paumes demandent pardon pour ses transgressions. Il s'est toujours montré bon avec moi. Il a toujours fait de son mieux, même quand il luttait contre ses démons. C'est un pilier. Il a guidé ses enfants d'une main ferme, en riant de bon cœur. Il nous a nourris et soutenus en dépeçant des animaux, en éloignant les prédateurs. Je ne peux pas rester sans rien faire. Pas question de laisser mourir mon père sciemment sans intervenir.

À mon désespoir total, je vois son état s'aggraver. Savik est plus fort maintenant, il n'a même plus besoin d'être dans les bras de mon père pour que la maladie s'empare de lui. Je vois Savik la lui envoyer de l'autre côté de la pièce. Comme mon père peut se laisser aller à la négativité, je ne m'étonne pas que Savik l'ait pris pour cible. Mon oncle était déjà malade, c'était une proie facile. Savik était encore faible, il faisait ses premières armes ; mon oncle représentait une première victime idéale. Les créatures qui chassent prennent ce qu'elles peuvent : les vieux, les malades, les jeunes, les plus vulnérables. La Nature ignore la pitié. Savik flaire le manque d'amour-propre de mon père et la négativité dont il est porteur, porte d'entrée parfaite pour la maladie.

J'ai beau m'efforcer de protéger mon père en lui donnant Naja à porter, Savik réduit à néant toute la guérison qu'elle opère. Il va falloir quitter cette maison avant qu'il fasse du tort à d'autres membres de la famille.

À l'issue d'une Dispute-familiale-provoquée-par-un-déchaînement-d'émotions-manquant-beaucoup-de-naturel, je me pointe chez Helen un jeudi après-midi. J'aime mieux faire de la peine à mes parents que d'habiter avec eux et voir Papa dépérir. Comme j'avais besoin que la dispute soit crédible, j'ai demandé aux bébés de me donner des Larmes. Bien qu'elle flaire la supercherie, Helen accepte de me laisser m'installer. Le Plus Beau Mec emménage le vendredi. Helen prépare du thé et de la bannique. Elle chante une chanson qui fait taire mon désarroi. Un paquet de cartes traîne sur la table. On joue. Je dors bien pour la première fois depuis jamais.

Le rêve de cette nuit, c'est qu'une énorme araignée bave sur ma poitrine. Je la rejette avec l'énergie du désespoir pour m'apercevoir que c'est Savik que je viens de projeter dans le monde éveillé. À la dernière seconde avant qu'il soit éjecté du lit, je le rattrape et je le berce sur mon sein. Mon Petit Assassin, je l'aime tellement. Il incarne tout ce qui est imparfait. Il ne fait pas exprès. On se donne tous à des gens qui ne peuvent pas faire autrement. Comment s'en empêcher ?

La vie se tient par la main
Car elle est familiale
La mort peut tenir la vie par la main
Mais ça nous dégoûte
Les morts peuvent parler
On tâche de ne pas écouter
La matière cohère
Et crée la densité
La pression, c'est le temps
Plus dense est la matière
Plus de temps elle a
Possède plus de temps
Prend plus de temps
La Vie c'est la respiration la Vie c'est la mort
Temps chargé de Vie
Mais Vie chargée de Temps
On aimerait s'allonger linéaires
Dans le piège de nos formes vulgaires
Comprendre à tout prix ce que
Nul ne peut saisir
Car notre moelle nous l'a dit

Ils nous aiment les morts
Ils rient les morts
On tâche de ne pas entendre
Qu'ils n'ont plus besoin de temps
Alors on les craint
Les morts détiennent les réponses
Mais on ne leur pose pas de questions
Puisque bientôt tout le monde Saura

Je trouve ça merveilleux de regarder dormir le Plus Beau Mec ; il resplendit de nouveau. Il va et vient à sa guise. Il aime que ça ne me dérange pas. Il est si brun, si lisse. Il a un grain de beauté de la taille d'une pièce de monnaie sur l'omoplate gauche. Il porte des t-shirts usés jusqu'à la corde et des chaussures abîmées. Et toujours une casquette de baseball. Sa voix a des tonalités un peu rauques. Ses pieds dépassent au bout du lit. De temps à autre il fait un saut de carpe, troublé par des rêves de soufre et de poix. Je viens aspirer ses expirations juste pour voir ce qui va arriver, et la chaleur remue dans mon ventre. Il garde la bouche entrouverte. Il se pourlèche les babines dans son sommeil. La tendresse n'épargne personne.

Je pose mes mains sur ses rotules et j'absorbe la douleur qui lui transperce les genoux depuis qu'il est tombé en jouant au basketball. Je la rejette au loin et sans faire exprès, je l'envoie à une fille que je déteste à l'école. Il va bien falloir retourner à l'école un jour. Aussi bien me paver un chemin. Aussi bien asseoir mon pouvoir.

De retour dans ma chambre, je trouve Naja éveillée et consciente. Elle sait que je suis impure. Le spectacle de ma mesquinerie la heurte. Tout la démolit. Elle me regarde d'un œil soupçonneux. Je voudrais qu'elle soit plus vieille et se contrôle mieux, comme je voudrais que Savik ne soit pas un assassin. On ne peut pas toujours être ce qu'on voudrait être. Je ne peux pas incarner la perfection pour mes enfants. Ces jumeaux-là ont vécu bien des vies, entrelaçant leurs échos je ne sais combien de fois. N'est-il pas temps de clore le cycle ?

Pendant les quelques bienheureuses semaines qui suivent, le Plus Beau Mec commence à tomber malade alors que mon père s'est rétabli. La maladie évolue à un rythme très lent, presque imperceptible. Comme le Plus Beau Mec est jeune et en santé, c'est plus difficile pour Savik de l'affaiblir. Je remarque son dos à peine voûté, son esprit envahi de menues tristesses. Il perd plus de cheveux qu'à l'ordinaire. Il a les ongles cassants. Naja et moi, on a appris à l'aimer. Savik a beau l'accepter et même l'apprécier, sa mort n'en est pas moins inévitable.

Moi, je veux rester avec le Plus Beau Mec. Je veux qu'il sente de la chaleur, pas de la peur. Je veux être aimée et non envahie de force, me sentir propre et non prise. Je suis animée du désir d'offrir mon corps au Plus Beau Mec, de vibrer avec lui à l'unisson. Le Rayonnement céleste m'a comblée, mais j'ai besoin de connaître la tendresse.

Le Plus Beau Mec met ses mains sur moi et ça détend mes muscles et ça ralentit ma respiration. Il faut que je le protège. Savik connaît mes regards en coin. Il a beau sentir que j'ai laissé s'agrandir le fossé qui nous sépare, Savik ne peut renier sa nature de prédateur. Ma défection ne fait qu'attiser son courroux.

En conséquence, dans le cœur de Naja germe une tristesse qui ternit sa luminosité. Une tristesse qui nuit à son pouvoir de guérison. Une chance qu'on a Helen. Naja est toute contente de guérir Helen, Helen qui est vieille, qui déborde d'ennuis de santé et d'amour généreux. Elles vivent toutes les deux un moment de gloire. Helen avec ses longues robes d'intérieur à fleurs et Naja qui gazouille du matin au soir, cajolée dans ses pyjamas une pièce aux couleurs vives. Elles resplendissent. Comme Savik s'attaque aux hommes, Helen est en sécurité pour le moment, mais j'ai l'impression qu'elle pourrait devenir la prochaine cible si jamais le Plus Beau Mec mourait. Désespérant de protéger le Plus Beau Mec et déchiré par mon amour de mère pour Savik, mon cœur s'affaiblit et s'assombrit. Si seulement je pouvais aider Savik, le guider. Si seulement le monde entier pouvait suivre la voie de la guérison.

Pas plus qu'on ne peut nier la nature humaine,

on ne peut feindre la gentillesse, l'imiter de manière convaincante ni l'acheter. On est ce qu'on est, et dans toutes les facettes de l'Être, c'est dans l'acceptation de nos monumentales imperfections que se trouve le salut. Malheureusement, les défauts ne font que s'exacerber chez certains ; l'obscurité se multiplie, fait chavirer l'équilibre et tout est perdu. Une fois qu'on a donné la mort, le monde spirituel peut exercer une attraction irrésistible ; c'est une voie pavée de pouvoir et de compulsion fanatique. Nous avons perdu le rituel qui permet de se purifier l'âme après avoir tué quelqu'un. Je sais qu'après s'être nourri de chair humaine, il faut vivre dans la solitude pendant un an sur l'impitoyable toundra pour se purger du désir d'y goûter encore. Si le pouvoir de Savik existe, c'est parce qu'il est né de ma propre malveillance, de ma faim comme de celle de nos ancêtres. La Nature est sans pitié. Lui aussi. Il est là, c'est tout. Il existe bel et bien, dévorant tout sans complexe. Et moi, je suis condamnée à voir mes êtres chers disparaître, engloutis par mon fils. Avalés par son besoin de puissance. Dévorés par son appétit de vie. Son régime à base d'âmes.

Savik m'a mordu le sein jeudi dernier. Il m'a regardée dans les yeux avant de serrer les mâchoires pendant que je l'allaitais. J'ai eu beau hurler et lui dire d'arrêter, il s'est obstiné au point de m'arracher le bout du mamelon. Les infirmières m'ont dit qu'elles n'avaient jamais rien vu de pareil. À ce moment-là, j'ai su qu'il n'y avait pas de place pour lui sur cette terre. J'ai su que son pouvoir ne ferait qu'augmenter, que ses proies ne se limiteraient plus aux malades ou aux vieux, aux faibles ou aux méchants. J'ai su qu'il finirait par s'en prendre à l'Amour.

Quand un cancer se développe, il faut l'enlever. Il faut l'extirper pour assurer le bien-être de l'organisme tout entier. L'heure est venue. Je sais qu'avec l'extinction de sa lumière, c'est une patte du trépied de notre petite famille qui va se rompre, mais je n'ai pas le pouvoir de contrôler le sien. Ça me prend quarante-huit heures pour rassembler tout mon courage en vue de cette tâche.

J'ai laissé tout le monde l'aimer. Je l'ai tenu endormi dans mes bras. J'ai imploré son pardon. Sensible au stress, Naja a fondu sa chair à la sienne et n'a lâché prise qu'en cédant au sommeil. Je les enveloppe dans deux couvertures polaires, une ornée d'ours, l'autre de loups. Je donne cinquante coups de brosse à leurs cheveux. Je coupe tous leurs ongles sauf celui du pouce droit. Je leur bouche le nombril, l'un de sel, l'autre de courroux. Je pose deux baisers sur chacune de leurs paupières et je leur lèche la nuque huit fois. Je leur frotte la plante des pieds trente-trois fois dans le sens contraire des aiguilles d'une montre. C'est fait.

Gruger ta morale
Tes pensées
Tes ligaments
Ton essence
Arracher ta peau
Tes indignités
Tes forces
Ton fourreau
Je suis en toi
puis
Tu es en moi
Tu deviens moi
On absorbe ta force
On étreint ta chaleur
Dévorer tes yeux
Tes visions
Tes cibles
Ta faim
Boire ton sang
Ton envergure
Ta fougue

Ton destin
Je deviens toi
Ma moelle
Ton cœur
Mon cerveau
Ta viande
Ma viande
Tu te fais chair
Je me fais chair

Par une nuit noire et glaciale désertée par le vent, sous le regard fixe des étoiles, j'emporte les enfants sur la banquise, jusqu'au bord d'une large crevasse. Le genre de fissure qui se produit habituellement là où le courant est fort ; la seule ouverture possible dans la glace, l'unique force capable de tenir tête au frimas. La mer : mère du mouvement, monumentale et submersive. Le courant : canal de l'inévitable, gardien des secrets. Le sel : agent de coagulation des idées, d'un stoïcisme inébranlable.

Il fait si froid dehors. Le gel fouette mes joues dénudées, durcissant ma volonté. Naja se blottit dans le dos de mon amauti et Savik dans un sac en duvet douillet.

Je sors Savik de son sac et je le pose sur la surface gelée. Il a peur, il ne comprend pas. Il appelle mon amour à grands cris. À grands cris d'angoisse. Mon cœur succombe.

J'empoigne à deux mains son petit cou et je me mets à serrer.

Meurs, mon chéri.

Sa nuque est si frêle, si menue. Son visage s'empourpre, ses vagissements trahissent son terrible chagrin.

Puis son regard change. Il comprend tout. Il se met en colère. Je sens augmenter sa chaleur et son pouls. Il perd toute sa douceur. Son cou désossé se solidifie en masse dure et il se met à respirer par le nombril. Il dresse un mur de protection autour de son cœur, puis il décide de riposter.

Sa chair commence à s'étirer autour de mes mains. J'ai les paumes qui brûlent, l'ossature des mains en feu, mille cloques bouillantes partout où je le tiens. Dans mon désespoir, je lâche son cou et je m'aperçois qu'il a entrepris de se transformer en petit phoque. Et il se laisse tomber dans la crevasse.

Obnubilée par notre supplice partagé, je n'avais pas fait attention à Naja, Naja qui est toute froide dans mon amauti. Son cœur s'est arrêté de battre, elle n'a pas pu supporter la souffrance du conflit ni le choc de l'eau de l'Arctique, que le corps de son frère a transmis au sien. Mon petit bébé d'amour n'est plus.

Je la sors de mon amauti et je glisse son Être mort sous la banquise par la fissure. Tandis qu'elle coule sous l'eau, je vois son Frère remonter à sa rencontre. Il absorbe sa chair et ils ne font plus qu'un. Il est elle et elle est lui. Ils sont enfin réunis et rien ne comblera jamais le vide de leur absence. Le phoque lève vers moi des yeux pleins d'amour et de haine, de mort et de vie. Le regard du Savoir. Puis il s'éloigne à la nage. J'ai perdu mes enfants.

C'est à mon tour de mourir maintenant. Rien ne sert d'endurer ce malheur. Rien ne pourrait m'aider à supporter la vie maintenant que j'ai dit adieu à la chair de ma chair.

Le Rayonnement céleste a tout vu. Il sait. Il savait. Il a toujours su. Je m'allonge nue sur la glace et je le supplie de m'enlever. Prends-moi, je t'en prie. Emporte-moi là où je n'appartiendrai plus à mon corps. Emporte-moi vers les promesses que tu as laissées dans ma chair quand tu m'as possédée. Emporte-moi là où je n'aurai plus jamais froid, plus jamais mal. Là où la vulgarité des sécrétions de ma chair ne déshonorera plus mon âme. Supplications chantées, supplications hurlées.

Supplications caressantes, mais vaines supplications.

L'Aurore boréale se penche pour mieux m'observer. Son regard sans yeux me transperce l'âme d'une indifférence glacée et me fait voir que je n'irai pas les rejoindre.

Terreur. Envahie par la peur, je ne peux plus bouger. Le poids de ce regard me cloue sur la glace. Je n'arrive pas à soulever mes bras. J'ai le souffle de plus en plus court et je sens le froid s'insinuer dans mon corps. Qu'est-ce qui va m'arriver ? Mes ancêtres m'ont abandonnée, l'Aurore boréale en est témoin. Pourquoi ? Ils ont vu la bouteille de pilules dans ma main.

Dans un rêve de longtemps avant, je m'apercevais que je les avais moi-même avalées, que le suicide bloque le passage vers le monde spirituel. L'âme doit quitter la chair de son plein gré. Interrompre son séjour signifie renier le Temps. Le Temps est Dieu. Dieu est Matière noire. C'est le Temps qui mène la chair. Au moment où mon âme s'en va, je comprends enfin que toutes les nuits où la porte de ma chambre s'est ouverte m'ont appris à m'engourdir, à me couper, à me réfugier dans la Solitude. On m'a forcée à quitter mon corps. Obligée à faire semblant d'être une ombre. Ces nuits-là m'ont donné la souffrance qui m'a guidée jusqu'à la mort.

Ce qui nous aide à survivre en temps de crise peut nous tuer une fois libre. On ne doit pas choisir de mourir, mais il faut mourir quand même. Voilà que mon âme se sépare de mon corps. Cette prison de chair malsaine dans laquelle je me sentais coincée m'apparaît soudain comme le palais

»Nur« Häftlinge

Damit sind wir auch bei der Grundfrage angelangt, warum es so schwierig ist, Folter auszurotten und die Haftbedingungen entsprechend zu verbessern. Eine der wichtigsten Ursachen ist die fehlende Empathie gegenüber jenen, die, aus welchen Gründen auch immer, hinter Gittern sitzen. Die Unschuldsvermutung ist ein fundamentaler Grundsatz der Strafjustiz. Solange Verdächtige nicht von einem Gericht verurteilt wurden, haben sie als unschuldig zu gelten. In der Praxis geschieht aber genau das Gegenteil. Wer von der Polizei wegen des Verdachts einer strafbaren Handlung festgenommen wird, gilt für die meisten Menschen, für Politiker und für die Medien als schuldig. Und wer schuldig ist, verdient auch kein Mitgefühl.

Solange unsere Sicherheit davon profitiert, dürfen Kriminelle von der Polizei auch ein bisschen länger als vorgesehen festgehalten, etwas härter als notwendig angefasst und, wenn es sein muss, auch ein bisschen gefoltert werden. In den USA haben die Bush-Regierung und die mit ihr verbündeten Medien und Wissenschaftler mit dem Gedankenexperiment der »schmutzigen Bombe« und der Beschwörung des Primats nationaler Sicherheitsinteressen große Teile der Bevölkerung davon überzeugt, dass die Folter bei der Bekämpfung des Terrorismus das »kleinere Übel« sei. Auch in Europa sind viele Menschen auf diesen Trick hereingefallen, wodurch die Folter viel von ihrem Schrecken verloren hat und bis zu einem gewissen Grad »salonfähig« wurde. Mit Angst und Hass ließ sich schon immer gut Politik machen. Ob wir in unserem Sicherheitsbedürfnis von Terroristen, der organisierten Kriminalität oder nur von »einfachen Kriminellen« bedroht sind, macht dann nicht mehr so viel Unterschied.

Das dänische Modell

Dass Folter ausgerottet werden kann, wenn die Behörden ihren Häftlingen mit Empathie begegnen, sie gar als »Klienten« statt als »Insassen« begreifen, dafür liefert Dänemark das beste Beispiel.

In meiner Funktion als UNO-Sonderberichterstatter über Folter habe ich nur in Dänemark, einschließlich von Grönland, keine Folter und gleichzeitig die mit Abstand besten Haftbedingungen vorgefunden. Aber ich habe davor in Schweden gelebt und auch die Möglichkeit gehabt, Gefängnisse zu besuchen, die mit jenen in Dänemark durchaus vergleichbar waren. Ich glaube daher, dass es den nordischen Staaten generell gelungen ist, Folter weitgehend zu eliminieren.

Was machen die nordischen Staaten also anders als die meisten anderen Staaten der Welt, einschließlich Europa? Ist es nur der bekannt hohe Grad an Entwicklung, Demokratie und Rechtsstaatlichkeit? Natürlich spielen diese Faktoren eine entscheidende Rolle, aber ebenso wichtig scheint mir die Gerechtigkeits- und Strafrechtsphilosophie in der Bevölkerung zu sein. Auch die USA sind eine vergleichsweise hochentwickelte rechtsstaatliche Demokratie, aber mit einem ausgeprägten Hang in der Bevölkerung, der Justiz und der Politik zu einem Vergeltungsstrafrecht nach dem alttestamentarischen Motto »Aug um Aug, Zahn um Zahn«. Deswegen verteidigen die Amerikaner weiterhin entgegen allen Argumenten der Vernunft die Todesstrafe, deswegen sind die USA das Land mit der höchsten Rate von Häftlingen weltweit (in den USA leben pro 100 000 Einwohnern knapp 800 hinter Gittern, während der westeuropäische Durchschnitt ungefähr bei 100 liegt), und deswegen sind die Haftbedingungen in den USA viel unmenschlicher als in Europa. Wer ein Verbrechen begangen hat, soll auch entsprechend dafür büßen und leiden! Dass diese Geisteshaltung nicht die erwünschte abschreckende Wirkung erzeugt, sondern im Gegenteil zu einem hohen Maß an Gewalt und Kriminalität in der Bevölkerung einschließlich der öffentlichen Befürwortung der Folter beiträgt, dafür sind die USA das beste Beispiel.

Das in dänischen Gefängnissen praktizierte »Prinzip der Normalität« ist die Antithese zum amerikanischen Vergeltungsstrafrecht. Den Gefangenen soll es nicht möglichst schlecht, sondern möglichst gut gehen. Auch wenn sie ein Verbrechen begangen haben, werden sie nicht primär als gefährliche Kriminelle wahrge-

Je voyais leurs jambes, les pattes de leurs pantalons en polyester. L'une d'elles était nue en bas de la taille. Je lui ai écarté les jambes et j'ai enfoui mon visage dans la consolation de sa chaleur. Dans son parfum de terre natale et son goût d'espérance. Alors une autre paire de jambes a surgi près d'elle, vêtue d'une longue robe blanche. Deux mains douces (aux doigts tous intacts alors que dans la vraie vie ma grand-mère les avait perdus dans un épisode de gel hivernal) m'ont délicatement saisi la tête pour la poser sur ses genoux, l'y reposer, l'y faire ruminer. L'odeur des Halls et du tabac m'a envahie. Sa voix tendre s'est mise à me parler en inuktitut. C'était ma grand-mère dans la totalité de son être, libérée du poids gigantesque de la tristesse que je l'avais vue porter de son vivant.

Elle m'a dit que j'irais en enfer, mais qu'il ne fallait pas avoir peur. Que j'irais en enfer, mais pour une bonne cause. Elle m'a fait voir ce que serait mon rôle. L'enfer était plongé dans l'obscurité, à l'exception d'un mur de feu qui ressemblait à une rangée de fleurs dansant sur leurs hautes tiges. Près de chacune de ces fleurs de feu se tenaient des gens, des âmes restées accrochées à leur apparence physique. Des âmes qui hurlaient, en proie à une souffrance inconcevable. Ces âmes, l'enfer s'efforçait de les user en les broyant de douleur. Plus elles faiblissaient, plus elles s'affaissaient, plus elles devenaient transparentes. Ça durait des milliers d'années. Les âmes finissaient par succomber et alors elles tombaient à la renverse dans un gouffre par où l'enfer les absorbait pour attiser son feu. S'éteindre pour devenir partie intégrante de l'enfer, rien ne pouvait arriver de pire à une âme ; ça équivalait à mille fois la torture des flammes. Une fois dévorées par l'enfer, les âmes se joignaient à la force de destruction sadique du mal, qui déchaîne maléfices et massacres sur le monde des vivants.

Quand je me suis vue, j'ai reculé d'horreur. Je n'avais pas de forme. J'étais réduite à un spectre blanc flottant. J'essayais de passer pour une geôlière. Je devais convaincre le Mal que je faisais partie de la famille. Feindre de prendre plaisir à cette souffrance. Alors qu'en réalité je m'occupais de la rangée d'âmes qui flottaient gracieusement au bord des gouffres. Quand j'en voyais une sur le point d'y tomber et de périr, je m'étendais par-dessus l'ouverture pour l'attraper comme un filet. J'absorbais alors des milliers d'années de douleurs atroces que je ressentais toutes en même temps et l'âme s'en trouvait ravivée. Je m'efforçais d'empêcher l'enfer de se renforcer. Voilà pour quoi j'étais faite. Je suis destinée à passer l'éternité à souffrir au-delà de toute compréhension possible, à œuvrer pour le paradis, pour la bienveillance et l'amour. Ma grand-mère m'a dit que nous n'étions qu'une poignée à avoir jamais accédé à la gloire du sacrifice pour le salut de ces âmes. Que seuls les plus forts parvenaient à survivre à la torture, à la furie de l'enfer. Que seuls ceux qui sont entachés de mal et de péché arrivaient à tromper le diable aux portes de l'enfer. Que seuls ceux qui ont le cœur le plus lumineux supportaient la souffrance sans y succomber. Que je devais être fière de cet honneur.

À mon réveil, je souffrais déjà et je n'ai jamais cessé depuis.

On dit qu'il faut leur pardonner
Pardonner à ceux qui nous ont fait souffrir
On dit qu'il ne faut pas s'accrocher au passé
Que ça ne sert qu'à se faire du mal
Le passé a enfanté les briques qui
Forment mes os
Le passé a divisé la totalité de mes cellules
Pour en faire ce muscle que je bande
Pour en faire cette peau étirée par ma viande
Le passé loge toutes mes respirations
Moi qui ne connais ni l'oubli ni le pardon
Moi qui ne sais que Protéger, Prévenir
Leur faire bouffer leur honte et se repentir
Je me pardonne

Protège-moi. J'ai besoin d'aide. Je m'effiloche. J'ai peur. C'est la peur qui dirige ma machine de chair. J'avance en aveugle. Adrénaline.

Pardonne-moi. Pardonne mes retards, ma rancœur. Pardonne la noirceur de mon cœur. Pardonne ma morbidité. Pardonne à mon âme.

Donne-moi refuge. Donne-moi un abri contre moi-même. Je suis armée et dangereuse. Ensanglantée.

Frappe-moi. Je le mérite. Noircis-moi les yeux, ils n'en refléteront que mieux ce que je vois de l'intérieur. Brise-moi les côtes. Bats-moi.

Tue-moi. Mets fin à tout ça. Je n'ai pas le courage de m'achever toute seule. Toutes mes forces sont engourdies.

Aime-moi. Mon enfance vit toujours en moi. Ma lièvre tremblante.

Nettoie-moi. Lave-moi de mon sang. Je n'ai pas fini mon travail. Je survis toujours. Je suis plus forte maintenant.

Vénère-moi. Je suis sans limites. Je me suis mise debout. J'en suis digne.

Recommence.

Composition et mise en pages
Nord Compo à Villeneuve-d'Ascq

Impression par Laballery à Clamecy (Nièvre)
Dépôt légal : mars 2022
N° d'édition : 2528 – N° d'impression : 112734
Imprimé en France